그 날 의

아이스아메리카노
속 얼음은 따뜻했다

그
날
의

아이스아메리카노
속 얼음은 따뜻했다

김
곤

어느새 익숙해져 버렸을지도 모를 소중한 것들

하루는 친구와 카페에 들어가 커피를 주문하고 자리에 앉았을 때였습니다.

한쪽에서는 달그락, 달그락
한쪽에서는 타타닥, 타타닥…

하는 소리가 카페 안을 울리는데, 그날따라 내게 다가오는 결이 달랐습니다. 그래서 가게 안 여기저기를 둘러보았더니 아이스아메리카노 속 얼음들이 서로 툭툭 치며 대화하는 것 같았습니다.

마치 제게 "우리 좀 봐!" 하고 말을 건네는 것같이.

순간, 평소에 그냥 스치며 지나갈 수 있었던 소중한 것들이 떠올랐습니다. 마치 영화 필름이 스쳐가듯이요. 그러면서 어느새 익숙해져 버렸을지도 모를 소중한 것들이 부유합니다. 가족, 친구, 이웃, 자연, 먹거리 등에, 그리고 나에 대한 감사를 잊고 사는 것은 아닌지요.

여러분께 나의 산문들을 건네고자 지난 2년여 동안 어느 순간, 우리가 그냥 스쳐 지나가 버리기도 하는 소중한 것들에 대한 사유로 멈출 수 없는 따뜻한 시간을 보냈습니다.

오늘 당신의 가방 안에 있을 이 책과 따스한 외출이 된다면 너무 좋겠습니다.

김곤

| 목차 |

그날의 아이스아메리카노 속 얼음은 따뜻했다

그날의 아이스아메리카노 속 얼음은 따뜻했다

그날의 아이스아메리카노 한 잔으로 무담담 따뜻했다

행복의 양은 어디쯤일까

- **"무릎에 사서 목에서 팔아라."**

주식 하는 사람들은 한 번쯤 들어보는 얘기다. 나도 주식을 오래 하고 있지만 이 말을 따르기 어려울 때가 많다.

일상에서 매일 한 번은 마시는 커피. 회사에서 집에서 커피 가루를 컵에 넣고 물을 부을 때, 늘 물을 어디까지 넣을지 고민한다. 그 양이 적으면 싱겁고, 많으면 독하다. 어떤 때는 양에 욕심내어 물을 잔뜩 넣고 마시면, 커피인지 물인지 구별이 안 된다. 적당한 양은 어디쯤일까. 마실 때마다 사유하지만 그 선을 맞추기란 쉽지 않다. 아마추어인 나로서는.

경제적, 사회적으로 성공하려면 그 선은 어디일까. 끝이 보이지 않는 해안선 어디쯤에 있을까?

• "적당히 해라."

어릴 적 친구들끼리 농담하다가 농의 양이 넘치면 나오는 문장이다. 그러다가 서로 다툼도 일어난다. 바로 화해하기도 하고 오래가기도 하지만.

커피를 마실 때 얼마의 양의 물을 넣어야 가장 맛있을까.

그렇다면, 일상에서 느낄 수 있는 적당한 행복의 양은 어느 정도일까.

넘치면 커피 고유의 맛이 사라지고 말듯, 어쩌면 우리가 추구하는 행복의 양도 그러하지 않을까.

그날의 아이스아메리카노 속 얼음은 따뜻했다

"일상에서 느낄 수 있는

적당한 행복의 양은 어느 정도일까."

단호박 같은 사람

내게 있어 음식은 두 가지 기능을 한다. 하나는 몸을, 하나는 마음 건강을 증진하는 것이다.

오래전 건강을 위해 좋아하던 술과 담배를 끊으니 간식에 손이 자주 갔다. 그때부터 즐겨 먹는 고구마, 단호박, 단팥빵, 팥시루떡은 지금도 내가 좋아하는 간식이다. 그들은 몸보다 마음을 위한 수고를 더 할 때가 있다. 그중 단호박은 솥에 푹 쪄서 먹으면 어떤 야채를 섭취했을 때보다 영양이 많아 좋다.

그날의 아이스아메리카노 속 얼음은 따뜻했다

특히 단호박 수프는 추운 마음까지 녹여주기도 한다. 처음 먹었던 것이 35년 전 일본에서 대학 다닐 때였다. 일본인 숙모는 단호박은 맛도 일품이지만, 야채의 제왕으로 알려져 있어 먹으면 다른 야채를 섭취할 필요가 없다고 하면서 주말이면 단호박을 삶아 정성스럽게 수프를 만들어 주곤 했는데, 은은한 노란색 빛깔의 맑은 수프는 타국에서 부모님과 떨어져 지내던 마음을 달래주기에 넉넉했다.

비타민과 황산화 함유량이 많아서 노화 방지와 암 예방에 좋다고 알려져 있는 단호박은 사람의 기질 등을 나타낼 때도 쓰인다고 하는데, 단호하게 상대방의 제안에 거절할 수 있는 용기 있는 사람을 두고 단호박 같은 기질이 있다고 말할 수 있을 것이다.

●

우리 집에도 그러한 사람이 있다. 바로 아내다. 아내는 어떤 일을 결정할 때도 거침이 없고 한번 결정을 하면 번복하는 경우가 드물다. 예전에 먹기로 했던 점심 메뉴를 다른 것으로 하면 안 되냐고 아내에게 물었던 적이 가끔 있다. 그러면 아내는 이렇게 말한다.

"또 바꾸는 거야?"

그녀는 번복이 없다. 무슨 일이든 한번 결정을 하면 그대로다. 부부도 닮아간다고 하던가. 그래서인지 나도 요즘 아내와 비슷하게 변해간다. 일상에서 번복하는 일이 별로 없다. 고민을 안 하니 마음도 편하다. 번복하고 싶을 때는 "욕심이야. 비워."하고 마음을 비운다.

일상에서 '빠른 순간의 선택'은 시간도 절약하고 일의 균형을 유지하는 데 도움을 준다. 메뉴를 선택할 때, 모임에 입고 나갈 옷을 고를 때, 친구와 약속을 정하면서 언제, 어디에서 만날지 주저 없이 결정하면 마음이 편하다. 남는 시간을 다른 일에 집중할 수 있고 시간을 소중하게 쓰는 습관도 생긴다.

그날의 아이스아메리카노 속 얼음은 따뜻했다

우리에게 시간이 얼마나 중요한가. 누구나 하루에 사용할 수 있는 시간은 평등하다. 그것을 어떻게 사용하느냐에 따라 결과에 차이가 날 뿐이다.

●

잠자리에 들 때까지 우리는 매 순간 선택과 결정을 해야 한다. 그러나 그것이 간단치 않을 때도 있다. 오늘 어떤 반찬을 할까, 모임이 있을 때는 무슨 옷을 입고 나갈까 고민하며, 쉽게 결정을 내리지 못한다.

인생에서 어떤 길을 선택해서 갈 때 시원하게 트인 고속도로인 경우는 드물다. 가다가 좁은 골목길에 눈도 비도 내리는 질퍽거리는 길도 만나는데, 미래의 목표에 대해 여러 가지 생각을 하다가 결정을 미루기도 한다. 자신이 없어 이게 안 되면 저걸 하면 되지, 라며 늘 대안을 모색하기도 한다. 그래서 결국 고민만 하다가 시간만 흘려보내는 경우도 있다.

인간관계에서는 어떨까. 누군가를 만나고 싶어서 연락하려다가도 상대방이 안 만나줄까, 괜히 연락해서 곤란하게 하는 것은 아닌지, 고민하다가 차일피일 미루곤 할 때가 있다. 일단 연락해 보면 될 일도 미리 일어날 일을 상상하며 드라마를 찍는다. 심지어 안 좋은 결말의 시나리오로. 그래서 단호박이 되면 상대방도 나도 편한 경우가 많다.

퇴근 후 친하지 않은 상사가 술 한잔하자고 하거나, 점심시간에 원하지 않은 동료나 상사가 같이 밥 먹으러 가자고 할 때가 있다. 그럼 참 난감하기도 하다. 마음속으로는 싫은데 같이 가야 하나 말아야 하나 망설여진다. 한 번쯤은 함께 갈 수 있겠지만, 매일 보는 사람이라 바로 거절하기에는 좀 민망하기 때문일 것이다.

그러나 그가 자주 권유할 때는 단호한 거절을 할 수 있는 용기도 필요하다. "김 대리, 같이 점심 할까?"라고 물어오면, "아… 그게… 네."라는 것보다 "과장님 오늘은 제가 약속이 있어서요. 다음에 하

그날의 아이스아메리카노 속 얼음은 따뜻했다

겠습니다."라고 말할 수 있어야 한다. 혹시 '내가 거절하면 상사에게 미움을 받지는 않을까'라는 두려움을 안고 생활하고 있지는 않은가? 그러하다면 한번은 뒤를 돌아보시는 것은 어떠할까. 나의 자존감이 낮아진 것은 아닌지.

●

학연, 지연, 혈연 등으로 얽힌 우리 일상에서 거절이라는 것이 쉽지 않을 때가 많다. 특히 금전이나 청탁 등을 해올 때가 그렇다. 그러나 이런 경우에도 단호해야 한다. 도와주고 나누는 마음으로 상대방을 배려하되 할 수 없는 것은 할 수 없다고 단호하게 말할 수 있어야겠다.

살면서 단호박의 기질을 발휘해야 할 때가 많은 것 같다. 사과, 용서, 배려, 인정, 공감…… 등을 할 때는 더 그렇지 않을까 싶기도 하고.

자신이 잘못했으면 잘못했다고 상대방이 잘했으면 잘했다고 단호하게 말할 수 있는 용기가 필요할 때가 많은 것이 일상이니까.

"선택이든 거절이든

단호박 같은 결단을 내리는

용기가 필요할 때는

그렇게 해보는 것은 어떠할까."

1 인분은 안 팔아요

"안녕하세요?"

장모님이 어디를 가든지 하시는 인사말이다.

지난해 휴직했을 때 우리 둘은 점심을 같이할 기회가 많았다. 여러 차례 수술도 하시고 연세도 80이 넘어 혼자서 잘 못 움직이시는 장모님은 사위와 집 근처 메밀 돈가스 전문점에 가시는 재미에 푹 빠졌었다.

우리는 결혼 전부터 허물없이 지냈기 때문에 같이 식당이나 커피숍에 가는 것에 익숙하다. 장모님은 가시는 곳마다 이쪽은 건네는데 받지는 못한다고 하시며 서운할 때가 있다고 이렇게 말씀하실 때가 있다.

"에이, 인사 좀 하지. 저리 무뚝뚝하니 손님이 이리 없지."

오늘도 식당에 들어서면서 이렇게 말씀하셨다.
"안녕하세요?"
오늘도 가게 사장님은 묵묵부답이다.
"…."

이번에는 점심 후 가는 커피전문점이다.
장모님이 말씀하신다.
"잘 지냈어요?"
이번에도 가게 사장님은 침묵이다.
"…."

드문 경우이지만 글로 표현해 봐도 행간 온도가

그날의 아이스아메리카노 속 얼음은 따뜻했다

싸늘하긴 하다. 이쪽에서는 보내는데 저쪽에서는 응답이 없다. 계절은 따스한 가을인데 마음속에는 추운 겨울이 방문한 느낌이다.

말은 서로 주고받아야 제맛이다.
장소 불문이다.

●

"어서 오십시오."

끼니 해결을 위해 식당 문을 열면 들리는 말이다. "저희 가게에 와 줘서 고맙습니다. 편하게 계십시오." 등의 의미를 담고 있을 이 말은 친절한 목소리로 들을 때면 기분이 좋아진다.

그러나 간혹 인사말을 주고받기는커녕 문전박대를 당하는 경우도 있다. 아래는 내가 나이 50이 넘어 9급 공무원이 되어 지방의 첫 발령지에서 경험했던 대화다.

내가 식당 문을 열며 이렇게 말했다.

"안녕하세요? 식사 되죠?"

사장님이 이렇게 말했다.

"혼자세요?"

내가 다시 말했다.

"네."

사장님이 이렇게 다시 말했다.

"1인분은 안 팝니다."

"……."

배 속을 채우러 갔는데, 그러기는커녕 마음속마저 텅 비어 나온 꼴이었다. 그런 썰렁함은 오랜만에 느껴봤다.

일본에서 살 때다. 식당에 가면 혼밥 테이블을 갖춘 곳이 많았다. 주점이나 조그마한 돈가스집 같은 곳은 주방 앞에 기다란 테이블 뒤로 1인용 의자가 줄지어 있어 혼술이나 혼밥을 하기에 편했다.

학교에서는 어땠을까. 실내 축구경기장만 한 교내 식당에서 같이 밥 먹을 친구를 찾는 건 주로 한국 유학생이었다. 일본 학생들은 대부분 혼자서도 잘 먹었다. 기억을 더듬어 보면 개인차는 있었지만,

경제적으로 부유한 나라의 학생들이 혼밥에 익숙했던 것 같다. 그때만 해도 개발도상국이었던 한국 학생들이 혼자 먹는 경우는 거의 없었다. 약속을 못 잡았을 땐 쟁반을 들고 두리번거리면서 아는 친구를 찾곤 했었다. 그런 환경을 경험해서였는지 첫 발령지에서 들은 "1인분은 안 팔아요."라는 말은 옛 일본 생활을 기억에서 소환하기에 충분했다.

•

1인분을 안 파는 모습은 우리의 1980년대 도심 지역에서도 볼 수 있었다. 첫 손님이 혼자면 그날은 장사를 망칠 수 있다는 미신 같은 심리가 작용했기 때문이었을 것이다. 그때 어느 곳에서는 안경 쓴 사람도 첫 손님으로 환영받지 못했다. 심지어 택시를 탈 때 안경을 썼으면 승차를 거부당하기도 해서 안경을 벗고 택시를 잡아야 할 때도 있었다.

그러나 일본에 살 때는 그런 불편이 없어서 편했고 더치페이도 그랬다. 그래서인지 7년 전에 공직사회에 들어와 젊은 동료들과 점심을 같이 할 때 자신의 식사비는 각자 내는 것에 빠르게 익숙해질 수 있었고 나이가 많으면 호주머니가 가벼워야 한다는 쓸데없는 의무감에서도 벗어날 수 있었다.

●

　1988년 일본에 살 때부터 혼밥에 익숙했던 내가 2017년 첫 발령지에서 혼밥이 안 된다며 문전박대를 당했으니 얼마나 당황스러웠겠나. 처음에는 사장님의 인심이 고약해서 그런가 보다 했지만, 주말이면 가는 곳마다 같은 말을 들었을 때는 뭐 이런 곳이 다 있나 하고 중얼거리면서 식당을 찾다가 한동안 김밥집에서 끼니를 해결해야 했다. 2017년 도심에서는 혼밥의 시대를 열어가고 있을 즈음, 어쩌면 그곳 일부 식당에는 시간이 멈춰 있었는지도 몰랐다.

　시간이 지나면 안 보이던 것도 보이는 법. 주말이면 혼자 밥을 먹어야 했던 나를 반겨주는 마음 따뜻한 사장님의 식당도 찾고 단골도 되면서 그곳 생활에도 익숙해졌다. 갈 때마다 그분은 이렇게 말했었다.

　　그날의 아이스아메리카노 속 얼음은 따뜻했다

"밥 모자라면 말씀하세요. 더 드릴게요."

그래도 역시 시골 인심은 살아 있었다.

●
.

요즘에도 식당에 가서 혼밥 하는 사람들을 위한 테이블이 없을 때면 밥 먹기 부담스러울 때가 있다. 며칠 전에 사무실 부근의 한 식당을 갔을 때였다.

내가 말했다.

"혼자인데요."

종업원은 나를 4인용 테이블로 안내하며 이렇게 말했다.

"이쪽으로 앉으세요."

"네."

내가 그곳이 부담스러워 한쪽 구석에 의자가 두 개 있는 조그마한 테이블이 있는 곳에 앉겠다고 하자 그녀는 다시 이렇게 말했다.

"에이, 괜찮아요. 편히 앉으세요."

"아, 그럴까요."

잠시 후 식당 안은 사람들로 찼다. 주문했던 순

댓국이 나오고 먹는 내내 마음이 불편했다. 마침 주위를 둘러보는데 한쪽에서 나처럼 같은 크기의 테이블에서 혼밥을 하는 젊은이가 보였다. 어찌나 맛있게 잘 먹던지.

자유 복장으로 와도 된다고 해서 그렇게 하고 갔는데 모두가 정장을 입어 머쓱해하고 있을 때 나와 같은 복장을 한 사람을 발견하고 느끼는 안도감 같은 것이었을까. 그를 본 나는 마음에 부담을 조금 덜면서 식사를 마치고 나올 수 있었다.

100세 시대를 맞고 있는 지금, 식당마다 혼밥의 시대는 본격 도래하지 않았지만 혼밥에 익숙해져 가야 함엔 틀림없을 것이다.

"혼자서도 어디를 가든 당당하게, 따뜻하게

먹을 수 있으면 좋겠다."

자연이 말을 걸어온다

요즘 내가 사는 아파트 단지를 들어서면 소나무들에서 새순이 예쁘게 돋아있는 광경을 본다. 어제는 장모님과 동네 커피전문점을 가기 위해 집을 나서는데 장모님이 이렇게 말씀했다.

"와! 이뻐라. 저것 좀 보소. 얼마나 아름다운가. 애들이 이제 따뜻한 봄기운을 맛보려고 세상 밖으로 나오네. 아이고, 겨울에는 얼마나 추웠을까."

그러면서 다시 말을 이어가신다.

"이 애들은 사람이 안 키우는 거야. 자연이 키우는 거지."

장모님의 감성에 공감하며 내가 이렇게 말한다.

"그렇죠. 하늘이 비를 주고 땅이 거름을 주죠."

장모님이 다시 이렇게 말씀하신다.

"그렇지. 자연이 낳고 기르는 셈이지."

●

자연이 우리에게 말을 걸어온다.

"우리는 아름다워!"라고. 그러면서 "그대들도 아름다움을 뽐내보세요."

라고.

거리를 나가보면 사람들의 옷차림이 한결 가볍다. 아름다운 몸매를 과시할 수 있는 이 계절에, 그동안 자신의 마음속에 봉함해 두었던 아름다운 언어를 꺼내보는 것은 어떨까 싶다.

주
머
니
에
손
수
건
한
장

만 원이 있다면 무엇을 하실 건가요? 햄버거 세트나 해장국으로 식사를 할 건가요? 아니면 주일날 교회에 가서 헌금을 하실 건가요? 요즘에는 돈 만 원으로 살 수 있는 것이 그리 많지 않은 것 같습니다. 그만큼 물가도 올랐지만 돈의 가치도 떨어졌다는 방증인지도 모르지요.

저는 누가 돈 만 원으로 무엇을 할 것인가 물어본다면 손수건을 사겠다고 할 것입니다.

요즘은 공중화장실에 가면 볼일을 보고 다들 휴지로 손을 닦습니다. 누구는 한 장을 어떤 이는 몇 장을 꺼내 사용하지요. 휴지 케이스 위에 '한 장씩 꺼내 사용하십시오. 환경을 보호합시다.'라는 문구가 버젓이 붙어 있는데 말이죠. 물론 무의식에서 나오는 행동일 것입니다. 저도 그럴 때가 있었지요.

손수건은 한때 우리에게 익숙했던 물건입니다. 예전 어른들의 호주머니에 또는 핸드백에 늘 있었던 물건입니다. 왜인지는 잘 모르겠습니다만 요즘에는 핸드백에서 고운 손수건을 꺼내는 여성도 멋진 손수건을 바지 뒷주머니에서 꺼내는 남성도 보기 어렵습니다. 예전에는 친구 생일에도 이것을 선물하기도 했지요.

여름에 외출하는 부모님들에게는 필수품이기도 했습니다. 무더위에 무거운 보따리를 머리에 이고 한 손으로는 그것이 머리에서 떨어질까 꼭 잡고 다른 한쪽 손으로는 무명천으로 만든 하얀 손수건으로 연신 흐르는 땀을 닦는 어머니들의 모습을 볼 수 있었을 때가 있었습니다. 일상에서나 영화나 드라마 영상 속에서도 볼 수 있던 정겨운 광경이었습니다.

　제가 20대 때는 여자친구가 삐쳐서 울거나 하면 손수건으로 눈물을 닦아 주기도 했습니다. 그때 백화점에는 손수건 선물코너가 따로 있었습니다. 또 스승의 날 기념품이나 부모님 생일 선물을 위해 그곳을 찾았었지요. 어느새 보기 힘들어졌지만요. 동네 대형마트에 가서도 찾기 어려워져 주로 시장이나 전문점에 가야 살 수 있는 물건이 되어 가는 것 같아 씁쓸하기도 합니다.

●.

　저는 예전에 건강을 위해 추운 겨울에 집 근처 동네 공원을 돌다가 그곳에 있는 나무를 가슴에 안고 몇 분 동안 있기도 했습니다. 공원 길 한쪽에 길게 늘어서 있는 나무들 중 가장 튼튼하게 생긴 녀석에게 이렇게 말하곤 했습니다.

"안녕 잘 있었어? 고마워! 항상 그 자리에 있어
줘서."

요즘은 그렇게 못하고 있습니다만, 그 녀석은 아
직 그 자리를 떠나지 않고 있습니다. 인위적으로 누
군가에 의해 옮겨지지 않는 한 그곳을 지키겠지요.
혹시 모를 일이지요. 나를 기다리고 있을지도 말입
니다. 그렇다면 고마운 친구입니다.

그런데 말입니다. 우리가 사용하는 휴지 조각이
나무의 희생으로 만들어지고 있다는 사실은 모두
가 아실 테죠. 3년 전에 코로나가 온 지구를 덮칠
때 우리는 환경보호를 외쳤습니다. 그러나 지금 이
시각에도 인간의 편리성 추구로 인해 나무들은 몸
살을 앓고 있습니다. 가정에서나 직장에서 그리고
식당에서도 공중화장실 세면대 앞에서도 말입니다.

●

이제 음식도 인스턴트식이 유행합니다. 음식점
에 가도 주인장의 정성이 담긴 손을 거치지 않고 바

로 테이블에 올라오는 음식이 많아지고 있지요. 그만큼 편리성을 추구합니다. 그 대신 깊은 맛은 없지요.

사람과의 만남은 어떠할까요. 탄산음료를 마시듯 순간적인 맛에 끌려 만나다가 식으면 금세 멀어지는 경우가 있지요. 직장에서도 어디에서도 있는 일입니다.

그래서 어떤 이는 정에 목말라하는 경우도 생기지요. 사람 관계에서 쉽게 지치기도 우울해하기도 합니다. 서로의 깊은 정을 나누고 슬플 때나 힘이 들 때 손수건을 건넬 수 있는 관계를 갖기가 어려워지는 것 같습니다.

●

손수건은 일상에서 여러 용도로 사용했습니다. 눈물도 땀도 닦아주고 입가에 묻은 음식물을 훔칠 때도 사용했던 물건이었지요. 옛날 초등학교 입학식 때 코흘리개 꼬맹이들의 가슴에 달린 손수건은

그날의 아이스아메리카노 속 얼음은 따뜻했다

명불허전 정겨움의 상징이었습니다. 그러나 지금은 볼 수 없습니다. 코흘리개 개구쟁이도 손수건도 시간의 저편으로 흘러가 버렸는지 모를 일입니다.

인생은 돌고 돈다지요. 당신의 호주머니 안에 따뜻한 정(情)이 담겨 있는 손수건 한 장을 넣어보는 것은 어떠할는지요.

그러면 옛날 코흘리개 꼬맹이들이 가슴에 달았던 그 정답던 손수건을 공중화장실 세면대 앞에서 자주 보게 될지도요.

"추억이 묻은 손수건을

다시 볼 날이 올까?"

마음의 온도

지하철 안 한쪽에서 어떤 어르신이 중년의 남성에게 이렇게 말하는 소리가 들렸다.

"아고, 피가 많이 나네요. 빨리 지혈을 해야 되겠는데."

그러자 그는 "어제 일하다가 다쳤는데, 방금 문에 부딪혀 그런 거 같은데 괜찮습니다."라고 말했다.

잠시 후 건너편 좌석에서 한 아주머니가 그 남성에게 다가가더니 휴지로 피가 나는 손을 닦아주며 이렇게 말했다.

"여기도 많이 흐르네요."

일면식도 없는 사람에게 다가가 피가 흐르고 있는 손을 붙잡고 닦는 그녀의 모습에 내 마음의 온도는 따스하게 올랐다.

●

이번에는 집으로 돌아가는 지하철 안이다. 내 옆에 계시던 어떤 할머니가 건너편에 엄마와 앉아 있는 한 어린이의 운동화 끈이 풀린 것을 보시더니 이렇게 말씀했다.

"애야! 운동화 끈이 풀렸네, 걷다가 넘어질 수 있단다."

그러자 엄마가 아이에게 뭐라 한 후에 꼬마는 운동화 끈을 동여맸다,

그런데, 그 대목에서 아이는 아니더라도 엄마가 어르신에게 "감사합니다"라는 대답을 보내는 장면이 없어 아쉬웠다. 어르신과 그 모자 사이의 행간은 썰렁했다.

일상에서 마음의 온도를 올렸다 내렸다 하는 장면을 접하며 살아가는 우리. 물론 그 마음의 주인공은 나다. 생각하는 대로 움직이는 마음을 따뜻하게 유지하는 것도 내게 달려 있다는 것을…

나무처럼

이제 겨울이 지나가려고 한다. 자연의 순환. 겨울이 지나면 따스한 봄이 찾아오고 다시 혹독한 더위가 우리의 일상을 지배하려고 들 것이다. 그리고 그 인고의 시간이 흐르며 다시 가을바람이 우리를 위로할 것이다.

선들바람에 나뭇잎들이 너울거리는 모습을 보고 있노라면 우리의 일상과 많이 닮았다는 생각이다. 집 앞 공원에는 갖가지 나무들이 높은 키를 자랑하며 서 있다. 한겨울에는 그들의 피부가 벗겨지고 봄이 되면 고운 자태를 드러낸다. 그들이 춥다고 외치는 소리 없는 아우성을 들었기 때문일까. 요즘은 겨울이 되면 도로변이나 공원 등의 나무들도 두꺼운 이불을 입고 있는 광경을 볼 수 있다.

●.

아무리 추워도 자리를 지키는 그들처럼 우리의 마음에 추운 겨울이 찾아오더라도 굳게 견디어 보는 것은 어떨까 싶다. 지금 이 시간이 지나면 따사로운 봄이 반겨 줄 것이라고 믿으면서…

폭신폭신한 솜이불을 덮어주며…

"추운 겨울이 지나면
따뜻한 봄이 반겨 줄 거야!"

품
에
안
은
사
랑
의
알

　지금까지 많은 이들에 의해 정의를 내렸던 적이
있고, 지금도 그 시도는 계속되고 있는 사랑이라는
단어를 제가 정의를 내리는 일이 쉽지는 않지만, 언
제 들어도 마음을 따뜻하게 하는 힘이 있는 어휘임
에는 틀림없습니다.

　살다 보니, 사랑은 노력이 많이 따르는 것 같더군
요. 세월이 조금 흘렀습니다만, 유명한 한 원로배우
가 티브이에서 사랑은 돌고 도는 것이라고 하면서,

우리 모두는 부모님에게 받은 사랑을 자식들에게 물려주는 것이라고 하더군요.

　여러분은 어떻게 생각하시나요? 저는 사랑에 있어서 부모는 자식에게 평생 빚쟁이라는 생각이 듭니다. 며칠 전에 친구를 만났을 때 그가 말하더군요. "요즘 동창생들을 만나면 아이들하고 말도 안 하고 지내는 친구들이 꽤 있더라고."하고 말입니다.

　딸이 하나인 저는 다행히 친구처럼 지내는 행운을 맛보며 지내고 있습니다만, 하루아침에 그러한 사이가 된 것은 아닙니다. 어렸을 때는 몸을 씻겨주면서, 커 갈수록은 머리를 감겨주면서, 성인이 되면서는 발을 씻어 주면서 사랑의 교감을 나눈 결과가 아닌가, 라는 생각입니다. 딸에게 사랑을 줄 때마다 내 안을 들여다보는 기회도 갖고 스스로를 더 사랑하게 되는 것 같습니다. 부모님으로부터 받았던 그 빚을 자식에게 잘 갚고 있다는 생각에 보람을 느낀다고나 할까요.

얼마 전에 딸이 그러더군요. 모임에 나가면 사랑
을 받은 사람은 그렇지 않은 사람과는 다른 것 같
다고요. 예외는 있지만, 사랑을 받지 못한 사람들
에게서는 어딘가 모르게 결핍 같은 것을 느낀다고
했는데, 저도 같은 생각입니다. 주변에서는 가끔 사
랑에 목마른 사람들을 봅니다. 그들의 마음은 단단
하지 않아서 외부로 쉽게 노출되는 것을 느끼곤 하
지요. "제가 거절하면 상사가 혹은 동료가 안 좋게
생각하겠죠?"라고 물어올 때는 말입니다.

그렇다면, 누가 제 자신을 오롯이 사랑하고 사는
가? 라고 물어오면 어떠한 대답을 할 수 있을까요.
저도 어떤 때는 외부의 영향을 받아 마음을 다치기
도 하고 힘들어할 때도 있습니다. 그것이 어쩌면 자
연스러운 현상일지도 모르겠습니다. 우리 보통 사
람들한테는 말입니다. 그래서일까요. 아니면, 세월
과 드잡이하면서 제 나이도 익어가는 중이어서일까
요. 요즘 들어 저는 자신을 사랑하기 위한 시간을

자주 가지려고 하고 있습니다.

여러분도 자신을 사랑하려는 노력을 해보는 것은 어떨까요. 그러려면 혼자만의 시간이 많이 필요할 겁니다. 예를 들어, 직장에서 어떤 동료와는 일정 거리를 두면 쓸데없는 곳에 마음을 사용하지 않아도 되니 마음도 더 단단해지는 것을 느낄 것입니다.

누구든 사랑받을 가치가 있습니다만, 모두가 사랑을 주는 것은 아닌 것 같습니다. 자신을 사랑하는 사람이 타인을 사랑할 줄 알기 때문일 것입니다.

그래서입니다.

자신 안에 더 많은 사람의 앎을 품으려는 것은 수중한 가치가 있는 것이 아닐까 합니다.

"스스로를 사랑하는 사람이

남을 사랑할 줄 아는 것 같아요."

자신을 잘 챙기고 계시나요

힘들 때도 자신을 잘 챙기고 계시나요?

살다 보면 자신을 사랑해야 하는 것을 잊을 때가 있는데요. 일상에서 힘들 때도 슬거울 때와 마찬가지로 우리 삶이라는 것을 잊지 않았으면 좋겠습니다.

"감사합니다."

그날의 아이스아메리카노 속 얼음은 따뜻했다

이 말에는 나보다는 타자에게 더 집중해야 하는 의미를 담고 있지 않을까 합니다만.

나 스스로에게 얼마나 감사하며 살고 있는지 의문이 드는 날입니다. 어제는 친구 어머니가 돌아가셔서 조문을 다녀왔습니다. 그래서 우리 부모님들이 생각나더군요. 부모라는 이유로 자식을 위해 입을 것도 안 입고 여행을 가고 싶어도 "나중에 가지 뭐."하고 말하기도 했지요. 맛있는 것이 생각나도 참을 때가 있습니다. 그런 시간을 보내다 보면 나중에 그 응축되었던 것들이 폭발하고 말지요. 자신도 모르는 사이예요. 이렇게요.

"아! 몰라. 몰라. 몰라. 알아서 해!"

그러면 집안에 찬바람이 쌩쌩 불고 그제야 자신이 행복해야 주위 사람이 행복할 수 있다는 것을 알게 되는 것 같아요.

직장에서 맨날 인상이나 찌푸리고 다닌다면 사무실 분위기는 어떨까요. 제가 아는 한 동료는 항상 웃는 얼굴을 하고 있는데요. 그는 매일 행복하게 있으려고 한다더군요.

그래서 말인데요. 자신을 너무 억누르지 말고 살면 좋겠습니다. 쉴 때는 쉬어야 할 거 같아요. 주위에 너무 개의치 않고 말이죠. 내가 꼭 있어야 한다는 강박에서 벗어나 자신을 돌보는 시간이 필요합니다. 이제 100세 시대입니다. 긴 인생에서 행복하려면 스스로에게도 감사할 줄 알아야겠습니다.

맨날 식구들이나 주변 사람들에게만 기운을 다 빼다 보면 나는 뒷전으로 밀릴 때가 있습니다. 나중에 여행을 가고 싶더라도 길 수 없는 시간이 오고 마는데요. 다는 아니지만 우리 부모님들도 그랬습니다. 자식들에게 많은 것을 희생하다 보니 본인이 먹거나 가고 싶을 때 그러지 못했습니다. 물론 그것이 본인의 행복이라고 했습니다만. 과연 그랬을까요. 부모가 되어보니 이해할 수 있었습니다.

그날의 아이스아메리카노 속 얼음은 따뜻했다

그러나 자식들을 위한 행복이 곧 자신들의 행복 또는 그 시대의 부모들은 다 그러니까 어쩔 수 없어 그랬던 것은 아니었을까 라는 생각도 합니다.

행복이 어디 대단한 곳에 있는 것도 아닌데. 먹고 싶은 것이 있거나, 영화를 보고 싶을 때나, 여행을 가고 싶을 때 혼자 가는 것은 어떠한지요.

하고 싶을 때 꼭 누군가와 같이 하지 않아도 자신을 격려하면서 스스로에게 감사하며 즐길 수 있어야 할 것 같아요. 그 안에 행복이 있을지도 모르니까요.

"남을 챙기기만 했던 지난날에 지쳐있다면

나에게 집중하는 시간을

가져보는 것은 어떨까요."

오늘, 내 가방 속

　며칠 전에 직장 내 모임 활동에 참석하기 위해 집을 나서는데 가방을 두고 가벼운 몸으로 가고 싶더군요. 그래서 가방 안에 늘 있던 책에도 미련을 두지 않으려 했습니다. 매일 메고 다니던 것을 두고 가려니까 인생의 짐이라도 내려놓은 것처럼 마음이 가벼워지는 듯했습니다만, 그때였습니다.

　아내가 들어오더니 "물은?"하고 말하는 것이었습니다. 나는 아내에게 "아… 그렇지" 하며 "냉방으로 지하철 안이 추울 때는 잠바도 필요하니까 가방에 넣어서 가야겠다"라고 말하며 가방을 들고 집을 나왔습니다. 습관은 어딜 가지 않았습니다.

잠시 후, 출근 시간에는 늘 앉아서 글을 쓰거나 독서를 하며 갔었기에 오늘도 그렇게 할 심산이었습니다만, 지하철 안은 승객들로 가득했고 나의 바람은 출발 소리에 묻히고 말았습니다. '가방을 놓고 나올걸. 오늘은 가벼운 마음으로 갈 수 있었는데 말이야, 아쉽네'하고 마음을 달래면서 기차에 몸을 맡겼습니다.

●

학창 시절에 들고 다녔던 사각형 가방 안에는 책, 노트, 필통 등에 꿈과 희망이, 양은도시락에는 어머니의 사랑이 있었습니다. 양은도시락은 추억거리를 만들기도 했습니다. 추운 겨울에는 교실 안 중앙에 위치한 난로 위에 층층이 쌓아 올려 따뜻하게 데워서 점심때 먹곤 했었죠.

짓궂은 친구들은 2교시 수업이 끝나기가 무섭게 자기 도시락을 해치우고는 점심때가 되면 숟가락을 들고 친구들 도시락을 탐하기도 했습니다. 고등학교 3학년 때였던 것으로 기억하는데요, 한여름에 다른 반의 한 친구가 교실 이곳저곳에 숟가락 여행을 하다가 식중독에 걸려 병원에 실려 가는 일도 있었습니다. 40년이 넘었는데도 기억하는 것을 보면 꽤나 재미있었던 추억거리였나 봅니다.

이 글을 쓰면서 아내에게 물었습니다.

"가방 안에 뭐 들고 다녀?"

그러자 아내는 핸드백 안을 훤히 들여가 보듯 이렇게 말합니다.

"지갑, 립밤, 핸드크림, 핸드폰, 손수건?"

내가 다시 물었습니다.

"다른 것은 없어?"

아내는 마치 퀴즈에 정답을 맞힌 듯 당당한 표정으로 말합니다.

"없는 것 같은데."

그러자 내가 이렇게 물었습니다.

"그중 가장 중요한 것은?"

아내는 당연하다는 듯 이렇게 말합니다.

"지갑이지."

가끔 당 떨어진다고 하는 아내의 말이 생각나 다시 이렇게 묻습니다.

"초콜릿은?"

"넣고 다니지. 당 떨어질 때 필요하니까."

얼마 전에 선배를 만났을 때입니다. 그는 요즘 주말이 되면 산에 간다고 하면서 가방 안에는 물 외, 당 떨어질 때 먹을 초콜릿이나 사탕을 꼭 넣고 다닌다고 했습니다.

이처럼 저마다 가방 안에는 중요한 것이 하나쯤 있습니다. 그게 소소한 것이든 아니든 말입니다. 지금 저의 가방 안에는 책, 필통, 초콜릿, 물 등이 있는데요, 또 한 가지 소중한 것이 있습니다. 아내가 검은콩과 고구마를 두유에 넣고 믹서기에 갈아서 용기에 담아주는 간식용 음료입니다.

수년간 챙겨주는 그 용기 안에는 아내의 사랑이 담겨 있습니다. 학창 시절의 가방 안에는 꿈, 희망, 추억, 그리고 어머니의 사랑이 있었다면, 오늘 저의 가방 안에는 아내의 사랑이 있는 셈입니다.

오늘, 당신의 가방 안에는 무엇이 있나요?
꿈, 희망, 사랑, 추억, 아니면…

"지금 내 가방에는 무엇이 들었을까?"

오늘을 소중히 여기는 행복

　아침 창문 틈으로 들어오는 햇살 위에서 나의 숨소리가 춤을 춥니다. 내가 살아있다는 것을 축하라도 하고 싶은가 봅니다. 그리고 나는 화장실로 옮겨 거울 속 제 모습에 소리 없는 미소를 짓습니다. 칫솔 위에 치약을 싣고 매일 커피에 흠뻑 젖어 누우런 색으로 변한 이로 가져가면 이렇게 소리가 납니다.

　치카치카…
　그 생존의 울림에 나는 공명을 느낍니다.

이내 아내의 목소리가 들립니다.

"아침 먹어~"

"네~"

커피에 토스트는 주말에만 누리는 소소한 행복입니다. 평일에는 커피와 다크초콜릿이 전부이기 때문이지요. 이른 주말 아침의 찻잔 속에서는 김이 뭉게뭉게 피어오르면서 마음의 온도도 상승합니다. 이것이야말로 지금 제가 누릴 수 있는 행복이 아닌가 싶습니다.

간절하게 소유하고 싶은 것이 있다고 해볼까요. 그러면 시간이 지나 집착을 할 때가 있지요. 그런데 말이죠. 그러면 그럴수록 멀어져 간다는 것을 느낄 때가 있지 않나요. 마치 손에 잡힐 듯하면서도 날아가는 신기루처럼요.

이성 간의 교제를 할 때도 그럴 때가 있지요. 좋다가도 상대방이 집착하는 것을 감지하는 순간 마음이 식어가는 느낌 말입니다.

그래서 말입니다.

미래의 원하는 것에 조금은 거리를 두고 오늘 소소한 행복에 전념하는 것은 어떠하신가요. 그렇게 지내다 보면 원하는 것이 어느샌가 내 곁에 오는 행복을 누릴 수 있는 행운이 찾아오지 않을까요.

오늘, 지금, 이 순간을 소중히 여기는 마음을 가져보면 좋겠습니다.

"오늘 이 순간을

소중히 여기는 마음"

마음과 인사하기

　평일은 출근을 위해 아침 일찍 집을 나와 장인 장모님에게 인사를 할 기회가 없습니다. 그래서 주말이나 휴일에는 두 분께 하는 아침 인사는 중요한 일과 중 하나입니다. 초저녁에 자리에 들고 새벽에 일어나시는 장인어른께 먼저 하고 장모님 방으로 갑니다.

　"굿모닝!"하면 장모님도 "굿모닝!ㅎㅎㅎ"하고 밝게 웃으며 인사말을 건네십니다. 저녁에 퇴근하여 집으로 돌아와 방으로 가서 "어머니! 다녀왔습니다."

라고 인사합니다. 그때 "자네 왔는가! 고생했네!"라고 하시면 마음의 온도가 상승합니다.

인사를 잘하고 안 하고는 한때 그 사람의 됨됨이로 평가받기도 했습니다. 그러나, 요즘은 반드시 그렇지만도 않은 것 같습니다.

"저 친구는 왜 인사를 안 하는 것이야!"라고 말하면 꼰대라는 소리를 듣기 십상입니다.

"그럼, 먼저 인사하든지"하고 말입니다.

시대가 변한 것입니다. 누군가가 먼저 해오면 기분이 좋은 것이 사실입니다만, 저는 가급적 누구에게든 먼저 인사를 건네려고 합니다.

그러나 마음과 인사를 나누는 경우는 얼마나 있을까? 라고 생각을 하면 그렇게 많은 것 같지는 않습니다. 여러분은 어떠신지요. 아침에 일어나자마자 화장실에 가면 거울을 보며 "마음아, 안녕! 밤새 잘 지냈어?"라고 인사를 건네고 계시는지요? 아니라면, 자신을 더 사랑하기 위해서 실천해 보시는 것은 어떠신가요?

"내 마음에 먼저 인사하기"

마음의 부자

중독성이 강한 음식에 자주 손이 간다. 다 그렇지는 않지만, 그러한 음식은 대부분 짜거나 맵고, 몸에 좋은 재료가 그다지 많지 않다. 반면 몸에 좋은 음식은 대부분 싱겁고 화학 첨가물이 들이 있시 않으며, 중독성도 그리 세지 않다.

우리의 뇌도 좋은 일보다 나쁜 일을 생각하는 것에 더 활발하게 운동하는 경우를 경험한다. 안 좋았던 생각을 떠올리는 것은 중독성이 강해, 심한 경우에는 계속 내 머리를 지배한다. 나처럼 생명까지 위협받았던 적이 있는 사람들에게 이러한 습관이 생기기 쉬운 것 같다. 건강 염려증 같은 것.

중독성이 강한 것은 많다. 도박, 담배, 술, 맵고 짠 음식…. 나는 젊었을 때 담배와 술을 좋아했다. 지금은 다 끊은 지 오래되었지만.

우리가 태어날 때부터 가지는 것이 본성이다. 사랑, 배려, 공감, 미움, 질투 등이다. 이 중 나는 평소 어느 것에 많은 소비를 하며 살까?

경제적으로 부자가 되기 위해서는 투자도 잘해야 하지만 소비를 잘해야 한다. 절제된 소비 습관이 필수다. 매월 수입 중 소비할 금액을 제외하고 나머지를 저축이나 투자로 사용하는 것이 중요하다. 쓸 거 다 쓰고 남은 돈으로 하면 목돈을 모으기 어렵다.

그렇다면 마음의 부자가 되기 위해서는 어떠할까? 그 반대가 아닌가 싶다. 미움과 질투보다 사랑과 배려에 많은 소비를 하는 것이 좋다. 그러면 좋은 에너지가 축적되어 건강한 감정을 유지할 수 있지 않을까 싶다.

마음의 부자가 되기에…

"마음의 부자가 되기 위해

사랑과 배려를 많이 소비해보는 것은 어떨까."

오늘 어떻게 살 것인가

일상에서 가장 평등한 것은 무엇일까? 라고 묻는 다면, 그것은 시간이 아닐까 싶다. 반면 시간을 사용하는 방식은 평등하지 않다. 시간의 주인이 누구냐에 따라 소중하게, 그럭저럭 또는 보잘것없이 사용된다.

내게 주어진 시간.

그 값은 얼마나 될까.

과연 매길 수 있을까.

그날의 아이스아메리카노 속 얼음은 따뜻했다

불가능한 것은 아닐까.

아니, 불가능하다.

아침에 일어나 잠들 때까지.

누구는 처절하게

누구는 대충

누구는 행복하게

누구는 짜증스럽게…

그럼, 나는 오늘 어떻게 살 것인가…

그날의 아이스아메리카노 속 얼음으로 되돌아갔다

하늘이 단추를 풀었다

날씨가 따뜻해졌다. 계절의 순환이 가파르다. 얼마 전까지 사람들도 날씨도 두꺼운 옷을 입었었다.

며칠 전부터 사무실 근처 개천가 산책길에 벚꽃이 만개했다. 청정지역의 혜택인지 온난화의 역습인지 모를 일이다. 닫혀있던 하늘이 단추를 푼 것임에는 분명하다.

"와, 너무 예쁘다."

내가 말했다.

"하하하, 주무관님 귀여우세요."

동료가 말했다. 나이에 걸맞지 않은 천진스러운 모습에 웃겼던 모양이다. 벚꽃이 피기 시작한 날 동료와 나눈 대화다.

사무실 근처 산책로에 만개한 벚꽃.

"오늘 너무 춥게 입고 나오신 거 아니에요?"

내가 동료에게 물었다.

"카디건을 걸치려고 했는데 더울 것 같아서 그냥 나왔더니 조금 쌀쌀합니다."

아침저녁으로 변덕스러운 날씨 때문에 일어나는 일상 속 모습이다.

'お天氣や(오텐끼야)'

변덕쟁이를 일컫는 일본말이다. 이랬다저랬다 변덕을 부리는 사람 앞에서는 어찌할 도리가 없다. 어디에 장단을 맞추어야 할지 난감하다. 한결같은 사람이 좋은 이유다.

동료들과 점심을 마치고 산책을 하면서 길가의 나무를 보고 내가 말했다.

"나무를 안아본 적 있으세요?"

"아니요."

"저는 가끔 집 앞 공원에 가면 나무를 안곤 합니다. 나무의 따뜻한 온기를 느껴서 좋습니다. 나무는 변함없어요. 어딜 가지도 않고 늘 거기에 있어 좋고요."

한결같은 사람을 만나기가 어렵다. 자신의 이익에 따라 움직이기 때문이다. 그러니 깊은 대화도 쉽지 않다. 개천에 흐르던 물줄기가 옅어졌다. 물 아래 숨어 있던 모래알들이 속살을 드러낸다. 청둥오리가 벌거벗은 모래살 위에 살포시 앉아 있다.

하늘이 단추를 푸니 꽃들도 개울 속 모래도 얼굴을 내민다. 그러나 지금의 아름다움은 잠시다. 무더운 날이 오고 찬바람이 불며 하얀 눈이 내리는 과정에서 그들은 모습을 감춘다.

우리의 일상도 그렇다. 어제가 다르고 내일은 모른다. 그러니 지금이 중요하다. 닫힌 마음의 단추를 풀어보는 것은 어떨까. 오늘, 따스한 햇살이 우리 마음에 비추고 예쁜 마음 꽃을 피우기 위해서.

"난 지금을 사랑해."

과장법이 따뜻하게 다가올 때

영화 〈서울의 봄〉을 본 날, 역사적으로 많은 시련을 겪은 우리 민족의 희로애락이 떠올랐다. 삼국 통일을 뒤로하고 발해는 거란에, 고려는 몽골에 무너지면서, 그들이 우리 영토에서 온갖 노획물을 가져가는 장면들을 우리는 책이나 드라마 등을 통해 간접적으로 경험했다. 조선이 역사의 뒤안길로 사라지고, 일제 강점기에 우리 영토가 피눈물로 물드는 시간을 보냈다는 것은 다 아는 사실이다.

그날의 아이스아메리카노 속 얼음은 따뜻했다

해방을 맞이하고 독재정권이 들어서며 다시 혼돈의 시간을 보낸 우리의 역사. 그리고 맞이한 서울의 봄. 그러나, 다시 오만으로 무장한 정권이 들어선 후, 1987년 6·29 민주화 선언과 1993년 문민정부가 들어서면서, 민주주의 꽃이 피기 시작하고 지금에 이른다.

그래서일까. 일상에서도 오만을 경계하고 겸손을 품고 생활하면 좋겠다. 오만은 우리의 마음을 차갑게 하고 겸손은 따뜻하게 하기 때문이니까.

영화에서 주인공이 행주대교 한복판에서 서울로 진입하려는 장갑차 앞에 당당히 맞서는 장면이 내 마음을 따스하게 했다. 당시 실제로 있었던 일은 아니었다고 한다. 관객의 몰입을 최고로 끌어올리기 위한 과장법이 사용되었을 것이다.

양귀자의 소설 《모순》의 책장을 넘기다 보면 그녀 어머니의 리얼한 과장법을 만나기도 한다. 일상에서도 그렇다.

●.

1989년 일본에서 공부할 때였다. 동네 식당 앞에는 그날 점심 메뉴를 보기 좋게 전시해 두었다. 투명한 플라스틱 박스 안에 먹음직스럽게 차려진 음식이 어찌나 맛있어 보이던지. 그러나 막상 기대를 품고 먹어보면 예상보다 맛이 없던 경우도 있었다.

백화점 지하에 가서는 포장술에 또 놀랐다. 아름다운 모습으로 차려져 있는 가짜 음식에 군침이 넘어가는 것은 당연했다. 일본인들은 눈으로 음식을 먹는다는 말을 체험한 셈이었다. 요즘 우리나라도 출입구에 세트 메뉴를 예쁘게 전시한 것을 볼 수 있다. 하지만 그 수준은 내가 경험했던 일본을 아직 따라가지 못하는 것 같다. 우리는 입으로만 먹어서 그런가 하는 생각이지만.

"나, 예뻐?"

"그럼!"

"얼마나?"

"세상에서 제일 예쁘지!"

연애를 해 봤다면 이와 비슷한 대화를 한 번쯤 한 기억이 있을 것이다. 상대방에게 자신의 사랑을 일정 부분 과도하게 표현함으로써 관심을 끌 때, 상대방을 칭찬할 때도 빠지지 않는 과장법, 결혼하고 자녀를 기르다 보면 일상이 되어가기도 한다.

●

과장법은 자신을 방어하거나 겸손을 나타내고자 할 때도 사용할 수 있을 것이다. 내 지인은 재산이 많음에도 자신을 많이 낮춘다. 누가 돈이 많아 좋겠다고 하면 세금 내고 자식들 교육하는 데 쓰고 나면 남는 것은 쥐꼬리라며, 내가 무슨 돈이 많으냐고 되묻는다.

누가 자신을 치켜세우면 "제가 무슨, 별거 아닙니다."라는 사람이 있는가 하면 건방이 하늘을 찌르는 이도 있다. 그런 사람은 처세술에도 뛰어나다. 물론 미운털이 박히는 일도 있지만.

그는 "일이 산더미처럼 쌓였네. 왜 이렇게 일이 많은 거야, 진짜."라며 자신이 많은 일을, 아주 열심히 하고 있다고 표현하는 데에 주저함이 없다. 그의 실상을 모르는 상사에게는 그가 일을 열심히 하는 것처럼 비추어져서 바쁘거나 급한 불을 꺼야 할 때 제외되는 영광도 누린다. 심지어 승진이 빠르기도 하다.

우리는 일상에서 본인의 의사와 관계없이 사실이 부풀려지는 일을 경험한다. 지난번 직원 교육 때였다. 한 동료가 나와 근무하고 있는 직원이 투자에 성공하여, 많은 돈을 벌었다는 얘기를 들었다며 내게 사실이냐고 물어온 적이 있었다. 뜬금없는 말에 나는 "소문일 것입니다."라고 말했다. 그럼에도 그는 누가 그러더라고 하며 연신 "정말이에요?"라고 되풀이했다. 나는 사무실에 복귀하고 당사자에게 확인해 보았다. 그는 고개를 젓더니 "아닙니다."라고 너털웃음을 지어 보였다.

어쩌면 우리는 한 번쯤은 아니, 셀 수 없을 정도로 과장법을 쓰고 있는지도 모른다. 내가 왕년에 말이야… 라면서 자기 자랑을 쏟아낼 때 빠질 수 없는 양념거리다. 있는 그대로 나를 드러내면 나도 상대방도 편한데 그렇지 않은 경우도 있다. 나의 의도대로 받아들이지 않고 과장되어 전해져 오해도 일어나 서로가 불편한 사이가 되기도 한다. 오해는

그날의 아이스아메리카노 속 얼음은 따뜻했다

편견과 선입견을 낳기 때문이다.

이것을 사용하는 곳 중 정치인들의 세계를 빼뜨릴 수 없다. 그들은 자신을 부풀려 유권자의 관심을 끌려고 한다. 선거 때는 승자가 되기 위해서 더욱 그렇다. 그것이 설령 거짓된 것일지라도 용인하고 환호하는 유권자, 그들은 어떤가. 자신이 표를 던진 정치인이 당선되었는데, 그의 행보가 마음에 들지 않거나 기대에 미치지 못할 때도 계속 그를 옹호하기도 한다. 내가 선택한 것이 옳았다고 믿고 싶고, 잘못된 선택임을 알면서도 그것을 인정하지 않는 인지부조화 현상처럼.

반면 약간의 과장이 마음의 온도를 올릴 때도 많다. 그중 하나가 직장에서 동료를 배려할 때다. 일이 느려 힘들어하는 동료를 상사가 직원들 앞에서 "이 친구는 일 처리가 꼼꼼해서 틈이 안 보여요. 안 그래요?"라고 칭찬하면 그는 힘을 받는다. 새 환경에 적응하는 데에 어려워하고 있는 신입을 두고 "우리 신입은 환경 적응 능력이 좋은가 봐. 들어온 지 얼마 안 되었는데 일 처리가 번개 같아."라고 하면 그는 용기를 낼 것이다.

　가정에서도 자녀들이 시험 점수에 실망하고 있을 때 "아빠 엄마는 네가 어떤 점수를 받더라도 최고의 아들딸이야!"라고 한마디 하면 격려가 될 것이다. 은퇴하고 갈 데가 마땅치 않아 어깨가 늘어져 있는 남편을 보며 "어디 좀 갔다 와요 쯤! 그렇게 갈 데가 없어요?"라고 구박하는 것보다 "자기는 지금까지 최선을 다했고 우리 가족에게는 이 세상에서 최고의 남편이자 아빠였어. 이번 기회에 아무 생각 말고 푹 쉬어!"라고 하면 그에게 얼마나 따뜻하게 다가갈까.

　이처럼 과장법은 우리들의 마음을 따뜻하게 데우기도 한다.

"오늘, 약간의 과장으로

사랑하는 사람의 마음에

온기를 불어넣으면 어떨까."

조화로운 삶, 그 안에 든 따스함

2000년이었다. 가끔 여의도에 가면 얼큰한 순댓국을 먹었는데 숙취 해소에 최고였다. 지금은 술을 안 해 먹을 기회가 적지만 순댓국은 몸이 허할 때 보양식으로도 좋은 요리로 알려져 있나. 그래서 가끔 동네에 있는 식당에 가는데 맛이 그런대로 괜찮지만 국물 속의 순대가 절반은 직접 만든 것이고 나머지는 시중에서 판매하는 것이어서 갈 때마다 '직접 만든 것을 다 넣어주면 좋으련만.'하고 아쉬워한다. 이런 내 마음을 아시는지 모르시는지 처음으

그날의 아이스아메리카노 속 얼음은 따뜻했다

부로부터 어느 날 전화가 왔다.

"인천에 순댓국 맛있게 하는 곳이 있는데 먹으러 가자. 장모님 모시고 나오도록 해라."

장모님과 우리 부부를 초대해서 맛집을 소개한다며 인천으로 가고 있을 때였다. 고속도로를 달리는 차 안에서 핸드폰에서 카톡 알림 소리가 났다. 미국에 사는 친구가 지하철을 타러 나갔다가 그곳에서 공연하는 남미 사람들을 핸드폰으로 촬영해 보낸 것이었다.

출발한 지 1시간이 지나서 인천에 들어섰다. 차가 굽이굽이 골목 몇 군데를 지나는 동안 라디오에서 흘러나오는 슈베르트의 자장가를 들으며 목적지에 도착한 시간이 오전 10시 50분경. 식당 안은 사람들로 북적댔고, 이른 아침인데도 대기를 해야 했으며, 얼마 후 빈자리에 앉을 수 있었다.

이른 시간에도 대기하는 사람들이 많은 것에 어리둥절하고 있던 사이, 처이모부가 주문해 나온 음식은 지금까지 맛본 것들과는 질이 달랐다. 찹쌀순

대와 고기와 순댓국은 여태껏 맛본 것들 중에 으뜸이었다. 국물은 맑고 깨끗했다. 혼자만 맛보기가 아쉬운 순댓국이었다. "솔직히 이렇게 맛이 있을 거라고는 예상 못 했습니다."라고 말하며 처이모부에게 감사 인사를 대신했다.

오랜만에 느껴 본 옛날 어르신의 손맛에 난 어찌할 바를 모르고 맛 삼매경에 푹 빠져들어 간 사이에 "깍두기 더 드릴까요? 국물은 괜찮으세요?"라고 하는 소리가 들렸다. 주인장인지 일하는 분인지 모르겠지만 손님들 상을 일일이 돌아다니며 챙겼다. 그 모습은 순댓국을 마실 때 후루룩 하는 소리를 타고 내 마음으로 들어와 하모니를 이뤘고, 내 마음도 따뜻해졌다.

그리고 딸이 먹을 순댓국 하나를 포장했다.

오가는 손님들을 세심히 챙기는 직원들의 모습, '맛이 아름다웠다'라고 해도 반대할 이가 없을 정도의 순댓국 맛과 청결한 식당, 그리고 미끄러져 가는

차 안에서 나오는 클래식 음악 소리와 친구가 보내
온 영상, 처이모부의 배려심까지. 이것들이 조화를
이루어 내 마음의 온도가 따뜻했던 하루였다.

조화로운 삶, 그 안에 따스함이 있기에.

나를 낮추는 배려

　회사에서는 바쁠 때마다 단기 계약직원을 채용한다. 그들을 반장님이라고 부르는데 주로 가정주부가 많다. 야근과 주차 및 월차 수당, 그리고 4대 보험료에 연금까지 이른바 '꿀알바'라고 소문이 나 있어 경쟁률이 꽤 높은 아르바이트다.

　서류를 분쇄기에 폐기할 때면 많은 양도 아닌 서류 뭉치를 들고 와 분쇄기가 근거리에 있는데도, 굳이 반장님들에게 부탁하는 한 직원의 목소리가 들렸다. "반장님. 이것 좀 갈아주세요." 그 후로도 같은 모습을 몇 번이고 목도했다.

'저 친구는 손이 없나, 발이 없나. 꼰대라고 하는 세대에 속하는 나도 저런 부탁을 안 하는데.'

그 직원이 못마땅해 그렇게 중얼거리곤 했는데 지금 돌이켜보니, 그 혼잣말은 나도 시킬 수 있다는, 내 안에 감추어져 있었던 권위적인 모습일 수도 있다는 생각이 든다.

내 학창 시절 때만 해도 형들의 말은 곧 신의 말인 양 아무 군소리 없이 들어야만 했다. 학교에서는 선배의 말은 곧 신의 말과 같다는 말도 안 되는 격언이 당연히 받아들여진 시대였다. 시키면 무조건 따라야 했던 명령 하복이 학교에서도 통했다. 그래서 권위가 과용되기도 했다. 선생님이라는 권위로 학생의 뺨을 서슴없이 때리고, 부모라는 이유로 폭언에 가까운 언어를 여과 없이 표현하여 자녀에게 지울 수 없는 상처를 주는 일도 있었다. 학생과 자녀들의 인격을 무시하고 존중하는 마음이 전혀 없이 마치 일방통행 길에 차를 몰고 가는 것처럼 말이다.

그래서 나는 나이 50이 넘어서도 어린 학생들에게 말을 건넬 때 늘 조심스럽다. 그래서 요즘도 가끔 편의점에서 나이가 많다는 것이 마치 특권인 양 아르바이트 학생에게 반말을 주저 없이 하는 꼰대들을 보면 꼴사납다.

얼마 전에 돌아가신 국민 MC 송해 선생님은 전국 노래자랑 녹화 때 그 지역 군수나 고위직 공무원들이 앞자리에 앉으려고 하면 그 자리는 시민들의 자리라며 뒤로 가서 앉을 것을 권했다고 한다.

●.

어제 점심때 동료들과 베트남 쌀국숫집을 갔다. 하루 한 끼를 먹는 나에게는 국수 양이 적어서 소금 아쉬웠다. 그래서 식사를 마친 후 내가 그들에게 커피를 사겠다고 커피전문점을 찾아 음료를 주문하고 나는 모자랐던 점심 양을 채우고자 디저트를 나눠 먹을 심산으로 말했다.

"같이 허니브레드 먹을래요?"

그날의 아이스아메리카노 속 얼음은 따뜻했다

"아… 저희는 배부릅니다."

혼자 먹기에는 양이 많아서 하는 수 없이 주문을 안 하고 자리에 앉는데 한 동료가 자리에서 일어나 디저트가 전시된 곳을 갔다 오더니 내게 물었다.

"제가 와플을 살게요. 점심 양이 부족하신 것 같은데요."

"괜찮습니다. 고맙습니다."

나를 배려해 준 그녀의 마음이 따뜻하게 다가왔다. 사실 많은 사람을 만나지만 일상에서 소소한 배려라는 선물을 받는 것이 흔한 일이 아니게 된 요즘이기 때문이다. 잠시였지만 그 여운은 하루가 지난 지금도 마음 한편에 남아 있다.

역시 순수하고 따뜻한 봄날 같은 마음은 그 여운이 깊어 오래가는가 보다.

"따뜻한 봄날 같은

와플"

단팥빵집 사장님의 굵은 팔뚝

　한 분야에서 오랫동안 일하는 것은 말처럼 누구나가 할 수 있는 그리 간단치는 않은 일이다. 긴 시간 동안 온갖 내·외풍을 견뎌내야 도달할 수 있다. 특히 의식주 분야는 더욱 그럴지 모른다.

　일본 유학 때 영화감독이 되고 싶다는 생각에 연출 공부를 할 수 있었던 대학과 일반대학을 두고 고민했던 시기가 있었다. 그때 나는 주위에서 왜 배고픈 직업을 하려고 하느냐는 현실의 벽에 굴복하고 일반대학을 택했었다. 다른 길을 가서 살아보지 않았으니 그 정답도 해답도 없다는 것을 알면서도 아내에게 "내가 만약 하고 싶은 영화 연출을 위한 대학을 선택했다면 내 인생은 어땠을까?"라고 물은 적이 있다.

나는 자신이 좋아하는 일을 통해 자유를 느끼며 살아가는 것이 행복한 것이라고 말한다면 거기에 전적으로 동의한다. 아마도 현실이라는 벽 앞에서 굴복하던 내가, 마음속의 메아리에 귀 기울이려고 했던 또 다른 나와의 싸움에서 이기지 못한 경험이 있기 때문일 것이다. 회사원, 통역사, 공무원 등 다양한 곳에서 경험해 왔지만, 한 분야에 오래 있지 못한 아쉬움도 있어 '내 전문은 무엇인가?'라고 잠시 생각에 잠기곤 한다. 내 인생의 드라마는 아직 촬영 중이어서 결말은 누구도 모를 일이지만 말이다.

●.

지난주 오후엔 단팥빵이 유명하다는 아현동의

한 빵집에 갔었다. 오랜만에 가본 거리였다. 미국에 정착해 사는 친구 녀석이 다녔던 대학이 인근에 있어서 가끔 그와 만나 술 한잔했던 거리다. 큰 도롯가에 있었던 값싼 소줏집과 막걸리집은 대부분 없어지고, 그 자리엔 아파트와 고급 상가들이 들어서 있었다. 한쪽 뒷골목에 들어가 보니 옛 그대로 모습을 유지하고 있는 곳도 있었다. 빵집도 그곳에 있었는데 안으로 들어서니 5평 정도의 작은 공간에 10여 종의 빵이 주인들을 기다리고 있었다.

가게 안은 요즈음 빵집들이 대형 매장에 고급스러운 인테리어로 고객들을 유혹하는 것과 대조를 이뤘다. 허름하고 오래된 인테리어와 한쪽 벽면에는 단골들의 사인이 담긴 몇 개의 액자가 걸려 있었다. 약간은 촌스러우면서 도시 속 시골풍의 분위기는 그런대로 낭만으로 다가왔다. 단팥빵은 3개가 남아 있었는데 혹시 더 살 수 없냐고 물었더니 사장님이 따로 여분이 있다며 4개를 더 주셨다. 매일 단골손님들을 위해 따로 챙겨둔다고 하시면서.

빵의 겉 부분 두께는 아주 얇은 것이 예전에 싱가포르에서 맛있게 먹었던 것과 비슷했다. 그 안에 팥이 많이 들어있어 묵직한 게 좋았다. 나와 동시대를 산 사장님은 이곳에서 장사한 지 21년째라고 했다. 단팥빵은 직원들이 퇴근하고 가면 혼자 가게에 남아서 만든다고 하셨다. 여러 사람의 손이 타면 빵의 크기와 팥의 양이 일정치 않게 되어 맛도 들쑥날쑥해져 단골손님 확보에도 좋지 않다고 했다.

조그마한 골목에서 어떻게 이리 오래도록 견디어 내셨냐고 했더니 그는 퉁퉁 부어 빨갛게 달아오른 왼팔을 보여주며 이렇게 말했다.

"하루하루 최선을 다하니 어느새 여기까지 오게 되었습니다."

그는 힘들 때도 있었지만 지금은 단팥빵으로 어느 정도 이름이 알려져 항상 감사하며 열심히 살고 있다고 했다. 그의 말에는 많은 시련을 견디며 인고

의 세월을 묵묵히 걸어온 전문가의 신념이 묻어 있
었다. "건강하십시오."라는 말로 인사를 대신하고
밖으로 나오니 40년 이상을 알고 지내는 미국에 있
는 친구가 생각이 났다. 바로 가기 아쉬워 동네 한
바퀴를 돌며 그 친구에게 보낼 거리 사진 몇 컷을
핸드폰에 담았다.

집으로 돌아가는 지하철 안에서 오늘 나의 마음
에 따뜻하게 와닿은, 오랜 풍파와 드잡이했던 흔적
이 고스란히 담겨 있던 빵집 사장님의 굵은 팔뚝이
떠오르는 데에 시간은 얼마 걸리지 않았다.

"하루하루 최선을 다해 반죽하다 보면

부드러운 단팥빵이 될 거야."

당당해지는 시간

'어? 화장한다.'

아침에 평소보다 조금 일찍 집을 나섰다. 붐비는 지하철 안에서 저 멀리 한 여성이 화장하고 있는 모습이 눈에 들어왔다. 거울을 보며 화장하는 기술이 거침없었다. 차가 흔들릴 때마다 몸도 너울 댈 만한데 아랑곳하지 않았다. 다음 정거장에서 사람들이 오르내린 후였다. 이번에는 내 앞에서 다른 한 분이 화장하고 있다. 좌석에 앉아서 하는 모습은 많이 봤지만, 사람들 틈에 당당하게 서서 하는 걸 보기는 처음이었다. '어? 오늘은 보지 못한 광경을 보네.' 여성이 화장하는 모습을 한두 번 보는 것도 아닌데, 그녀들의 모습이 왜 그리도 신기한지.

●

나는 잠자리에 들기 전에 얼굴에 스킨을 바른 후 다시 오레가노오일과 알로에를 섞어 세타필과 함께 그 위에, 그리고 몸에도 세타필로션을 잔뜩 바른다. 피부를 보호하기 위해서다. 얼굴과 몸에 뭐가 자꾸 나니 더 세심히 바르려고 한다. 예전에는 스킨 정도만 발랐지만.

아내에게 여성들이 왜 그렇게, 꼭, 화장을 하는지 물어본 적이 있다. 아내의 경우는 피부를 보호하기 위해서라고 했다. 얼굴에 잡티 등이 나는 것과 노화를 방지하기 위해서라고 하면서 내게 선크림만은 바르고 나가라고 한다.

그날의 아이스아메리카노 속 얼음은 따뜻했다

그녀들도 누군가에게 예쁘게 보이려는 것보다는 피부의 노화를 방지하기 위해 출근길 지하철 안에서 화장했을 것이라는 생각에, 사무실에 도착한 후 한 여성 직원에게 물었다.

"주무관님, 여성이 왜 화장을 하는 것 같아요?"

"제 경우는 자기만족이에요."

"그럼, 지하철 안에서 화장하는 사람은 어떻게 생각하세요?"

"아마도 아침에 잠을 더 자고 출근 시간을 활용하는 것은 아닐까요?"

"아, 네. 제 시각과 조금 다르네요. 저는 멋있어 보이더라고요. 다른 사람 신경 안 쓰는 모습이요. 당당하게 보이기도 했고요."

"그럴 수도 있을 거 같아요. 사무실 사람들은 신경 쓰이기도 하고, 지하철 안에서는 눈치 볼 거 없잖아요. 그래서 당당할 수도 있겠네요."

그렇다. 지하철 안은 생각을 두지 않아도 되는 곳, 그래서 그녀들이 당당할 수 있지 않았을까 싶다.

인간관계에서 누군가에게 잘 보이려다 그의 지배
하에 들어가게 되는 일이 있다.

그래서일까. 그녀들이 사무실에 가서도 그 당당
한 모습을 유지하길 바라고 싶다.

남에게 피해를 주지 않으면서 위풍당당하게 자신
을 드러내는 모습은 남녀노소 구분 없이 어디서든
어느 때든 아름다울 것이라는 생각이 부유하는 아
침이다.

그날의 아이스아메리카노 속 얼음은 따뜻했다

"당당하게 살자."

기대를 없애면 편하다

아내와 오늘 아침 나눈 대화다.

내가 물었다.

"당신은 나에게 화날 때가 있어?"

아내가 말했다.

"당연하지."

내가 다시 물었다.

"우리 딸에게는?"

아내가 다시 말했다.

"당연하지. 손이 많이 가잖아?"

그날의 아이스아메리카노 속 얼음은 따뜻했다

매일 끼니 챙기고 병원 모시고 다니는 장모님은
어떤지 궁금했다.

"장모님은?"

아내가 당연하다고 강조라도 하듯이 말했다.

"당근이지. 엄만데."

그렇다면 식구 외의 다른 사람들은 어떤지 궁금
해 물었다.

"다른 사람들에게 화가 나는 일이 있어?"

아내는 단호하게 말했다.

"아니, 거의 없지."

그 이유가 궁금해 내가 다시 물었다.

"왜?"

그러자 아내가 이렇게 말했다.

"기대를 안 하니까."

아내의 말에 공감했다. 남의 시선에도 그다지 신
경을 안 쓰고 생활하는 아내의 성격 때문일 것이
다.

그렇다. 기대를 안 하면 화가 날 일이 많지 않고
다른 사람의 시선에도 자유롭다. 그러나 사이가 가

까울수록 우리는 어떨까. 조심하고 상대방을 배려해야 하는 이유다.

일상에서 마음에 상처를 주고받는 주체는 가족, 친구, 연인, 부부, 직장 동료 등이 대부분일 것이다. 그들과 하루 중 많은 시간을 보내기 때문이다. 그리고 '내가 부탁하면 들어주겠지'라든지 '에이 괜찮을 거야'라고 무심코 했던 말이나 행동이 상대에게는 특별하게 다가가는 경우도 있다.

●.

• "기대가 없으면 화가 날 이유도 없다"

여러분은 이 주제에 대해 어떻게 생각하시는기?

"주무관님! 저는 어떻게 해야 계장님의 마음에 들까요?"
예전에 동료 직원이 계장과 소통의 어려움에 봉착해 있다며 울먹이며 한 말이다.

그날의 아이스아메리카노 속 얼음은 따뜻했다

내가 상대방에 무엇인가를 기대하면 서운한 감정에 휘말리고, 한 발 나아가 상대방에게 잘 보이려고 하면 그 사람의 지배하에 놓이게 된다. 상대가 배반하거나, 그래서 협력관계가 유지되지 않는 순간 불안해지면서 마음에 상처를 입게 된다.

남녀 관계도 부부 사이에서도 자식 간도 그러할 때가 있다.

'내가 그렇게 잘해 줬는데 네가 그럴 수가 있어? 내가 이 조직을 위해 얼마나 열심히 일했는데 나한테 이럴 수가!'

누군가에게 혹은 내가 속한 곳에 너무 기대하며 생활하고 있는 것은 아닌지 생각하는 시간을 갖는 것은 어떨까 싶다. 상대방이나 내가 속한 단체나 조직은 생각지도 않는데 자신이 쳐놓은 '기대'라는 우물 안에서 빠져나오지 못하고 허우적대는 것은 아닌지. 그래서 화가 나고 힘든 시간을 보내는 것은 아닌지 마음을 점검해 보자.

직장에서 흔한 것이 상사에게나 동료에게 잘 보이려고 하다가 그 기대가 못 미치면 실망하고, 그래서 더 잘하려고 하다가 그 사람의 지배를 받게 되고 계속 잘해야 하는 반복적이고 힘든 직장 생활을 하는 경우를 보곤 한다.

기대를 없애면 마음이 편하다. 그리고 너무 잘 보이려고 애쓰지 말자. 어디에 있든 남의 시선에 신경 끄고 내게 집중한다는 용기로 생활하면 좋겠다. 그러면 내 마음의 온도는 늘 적정하게 유지할 수가 있지 않을까.

그날의 아이스아메리카노 속 얼음은 따뜻했다

"남의 시선에 신경 끄고

내게 집중하는 용기로 생활하면 좋겠다."

나의 거울은 어디에

　매년 상하반기에 두 번 정기 인사가 있습니다. 그 날은 제가 다른 지역으로 발령이 났을 때입니다. 평소 업무의 보조역할을 잘해 주어서 고마움을 표현도 할 겸 사회복무요원 세 명과 같이 식사를 마치고 사무실로 돌아와 의자에 앉아 있을 때였습니다. 그들 중 한 명이 내게 커피를 사다 주면서 이렇게 얘기했습니다.

　"오늘 점심 잘 먹었습니다."

　전혀 기대하지 않았던 일이라 조금 놀란 목소리

　그날의 아이스아메리카노 속 얼음은 따뜻했다

로 이렇게 말했습니다.

"아… 그래. 고마워. 잘 마실게!"

나이 찬 사람들도 잘하지 않는 그의 행동에 마음이 따뜻했습니다. 그리고 그 청년의 뒤로는 부모의 모습이 보였습니다. 잘못했을 때 호통치고 잘했을 때는 칭찬을 아끼지 않는 그런 엄마아빠 말입니다.

사랑으로 키운 자식이 바깥에 나가서도 사랑을 받는다고 하죠. 분명 그 청년도 집에서 사랑을 받고 올곧게 자랐을 것이라고 상상해 봅니다. 부모의 거울은 자식이라는 말도 있습니다. 그만큼 부모의 행동거지는 자녀들의 성장에 많은 영향을 줍니다.

미디어에서 학부모의 악성 민원으로 선생님이 스스로 생을 마감하는 안타까운 일을 접했습니다. 교직에 오래 몸담았던 친구도 재직 시절 학부모의 민원에 시달린 적이 있었다고 합니다. 왜 우리 애만 청소를 시키느냐, 우리 애의 생활기록부만 안 좋게 써주는 이유가 무엇이냐 등…….

좋은 대학과 직장을 위한 훈련장이 돼 버린 교육 현장. 그곳에는 경쟁으로 배려와 사랑이 결핍된 그림자가 길게 늘어져 있는지도 모릅니다. 친구를 친구가 아닌, 경쟁자로 여기는 세상이 되어 가는 일입니다. 최근에 미디어 속에 비친 교제 폭력 등을 접할 때마다 생각합니다. 이러한 일들은 발생하는 것은 이제, 그만큼 가정에서의 교육이 중요해졌다는 방증이라고요.

그날 그 청년이 건넨 커피잔 안에는 가정이 부모들의 사랑 속에 아이들이 훌륭하게 성장할 수 있도록 영양분 역할을 해 주기를 바라는 짧은 물결이 일었던 것이 틀림없습니다.

그 날, 그 시 간 의 여 백

서대문에 있는 영천시장에 갔다. 가기 전에는 아내가 좋아하는 도가니탕으로 유명한 식당을 가려다가 오랜만에 전통시장에서 풍기는 향기도 맡을 겸 발걸음을 돌렸다. 사람들로 북적대는 순댓국집을 지나니 단팥죽집이 있었다. 그곳에 들어가 찹쌀떡을 곁들여 먹고 나오자 아내가 이렇게 말했다.

"저기 베트남 쌀국숫집이 맛있대. 가서 먹을래?"

"그래? 가보자."

"재래시장 한편에서 베트남 쌀국숫집이 그렇게 장사가 잘되는 게 보기 드문 현상이래."

"아, 그래?"

그랬다. 전통시장에는 대부분 순댓국이나 곰탕, 팥죽, 칼국수, 떡볶이 등 우리 전통 음식을 파는 곳이 대부분인데, 베트남음식점을 보는 것은 처음이다. 가게 앞에서 10분 정도 줄을 서니 자리가 났다. 우리는 쌀국수와 짜조(고기말이튀김)를 시켜 먹었다. 보드랍고 하얀 면발 밑으로는 신선한 숙주나물이 가득했고 국수 위에는 소고기로 된 고명과 양파 등이 가득 놓여 있었다. 국물은 짜지 않아 지금껏 먹어본 것 중 최고였다.

주방은 오픈되어 있어 마로 옆에 앉은 나는 그곳에서 새어 나오는 말소리를 들을 수 있었다. 요리하는 사람들 모두가 베트남 여성분들이었다. 시장 속 식당 안은 그들이 교환하는 이국의 언어와 국수 삶는 냄비에서 피어오르는 하얀 김, 그리고 우리들의 입가에서 울리는 후루룩 소리가 하모니를 이뤘다.

며칠 후면 설 명절이다. 명절 하면 떠오르는 것이 음식이다. 그래서 재래시장이 북새통을 이뤘던 때가 있었다. 시간이 흐르면서 그 기능을 백화점이나 대형할인점으로 넘겼지만. 그래도 서울 인근의 일부 지역이나 지방은 지금도 사람들로 붐빈다. 특히 맛있는 음식을 파는 시장은 더 그렇다.

서울 서대문의 영천시장이나 자하문의 통인시장도 그러한 곳이다. 통인시장에는 맛있는 떡집이 있어 팥시루떡을 좋아하는 나는 가끔 그곳을 방문한다.

설 명절의 대표 음식은 정성스럽게 빚은 만두와 떡국, 그리고 갈비, 전류 등이다. 다 어머니의 정성어린 마음이 담겨 있다. 그래서 이때가 되면 생전에 맛보았던 어머니의 요리가 생각난다. 그러나 요즘 대도시 가정에서는 예전처럼 손이 많이 가는 음식보다는 간소화된 요리로 대신하는 집이 늘었다. 핵가족 시대 우리들의 자화상이다.

다 그렇지는 않지만, 요즘은 어디를 가더라도 인스턴트식품이 대세다. 주인장이 그 자리에서 정성스럽게 요리한 음식을 맛보는 것이 어렵다. 체인 식당들이 많아져서 본점에서 공급받은 냉동식품을 매뉴얼대로 조리하여 식탁에 올라오기 때문이다. 그래서 신선한 재료에 주방장의 마음이 담긴 요리를 맛볼 수 있는 식당이 그다지 많지 않다.

2년 전 코로나에 감염 후 휴직했을 때였다. 하루는 장모님이 이렇게 말씀했다.

"우리 이참에 여행 좀 가는 것은 어때?"

"어디로요?"

"남쪽으로 가서 장어탕을 먹고 싶네."

어렸을 때 아버지의 손을 잡고 장어탕을 먹으러 갔던 추억이 있는데 장모님과도 같은 추억을 만들고 싶어 며칠 후 여행을 떠났다. 숙소는 고관절 수술로 다리가 불편하신 장모님을 위해 KTX 역 근처로 정했다.

숙소에 도착했지만 체크인 시간이 많이 남아 택시를 타고 시내에 이름값 좀 한다는 식당으로 갔다. 열 가지 이상의 반찬에 회와 고기류 등이 나왔는데 소문은 소문에 불과하던가. 서울의 여느 한정식 식당과 별 차이가 없었다.

저녁 시간이 되어 장어탕으로 소문난 한 곳을 찾았다. 커다란 회색 스텐 국그릇에 듬뿍 든 장어가 먹음직스러워 보였다. 첫술을 뜨며 장모님에게 물었다.

"어머니 어때요?"

"음… 그저 그런데."

나도 어릴 적에 먹었던 추억의 맛이 아니었다. 허탈한 마음으로 숙소로 돌아가 쉬는데 돌발 상황이 발생했다. 몸에서 열이 나더니 내 얼굴이 온통 빨개진 것이다. 코로나에 입원까지 했었던 터라 불안한 마음에 숙소에서 가장 가깝고 규모가 큰 곳에 연락했더니 진료 마감 20분 전이라고 했다. 그곳 지리에 깜깜이었던 우리는 전화로 증상을 얘기하고 혹시 늦을지도 모르니 기다려 달라는 부탁을 덧붙인 뒤 택시를 잡아탔다.

병원에 도착하여 진료실에 들어갔더니 의사는 단순 알레르기 증상이라며 걱정할 정도는 아니라고 했다. 숙소로 돌아온 후 주사 덕분인지 열기가 가라앉으며 얼굴도 본모습으로 돌아가기 시작했다. 한 치 앞을 내다볼 수 없는 것이 우리 일상이라고, 그렇게 여행 첫날은 예상치 못한 소동으로 끝이 났다.

다음 날 오전 거의 회복한 몸을 이끌고 시내에 있는 시장에 들렀다. 시장에는 고유한 향기가 있다. 복잡한 곳은 복잡한 대로 한가한 곳은 한가한 대로 괜찮다. 그 안을 걷다 보면 온갖 먹거리와 물건들이 사람 냄새와 엉켜서 독특한 향이 난다. 그 시간 내가 그곳에 있다는 존재의 향기와 함께.

우리는 김치와 여러 반찬을 사서 숙소로 돌아오고 간단히 점심을 한 후에 시내로 다시 나왔다. 코로나 창궐이 이곳에도 영향을 미쳤는지 낮 거리는 한가했다. 첫날의 아쉬움을 달랠 겸 또 장어탕 집을 찾았다. 이번에는 일부러 택시를 잡았다. 현지인인 기사 아저씨의 소개를 받고 가면 오래전에 맛보았던 추억의 맛을 다시 느낄 수 있을 것으로 기대했

그날의 아이스아메리카노 속 얼음은 따뜻했다

다. 그러나 어제와 다르지 않았다. 그저 그랬다. 숙소로 돌아가는 내내 그 이유가 궁금했다.

숙소에 들어가서는 장어탕에서 왜 옛날 맛이 나지 않을까에 대한 해답을 찾기 위해 장모님과 여러 이야기를 주고받았다. 장모님은 예전에 다른 지방에서 먹어볼 때는 맛있었는데 음식 맛으로 유명한 이곳에 와서 실망하셨다고 했다. 장어탕을 주제로 시작한 음식 이야기는 여기는 어떻고 저기는 어떻고 전국의 맛 기행담으로 진화해 갔다. 나는 생전에 손맛으로 이름 꽤나 날리셨던 어머니를 떠올리며 장모님에게 말했다.

"어머니, 옛날 1세대 어르신들이 돌아가시고, 그 딸이나 며느리가 그 맛을 내기 어려워서 그렇지 않을까요?"

"맞아, 자네 말이 맞네. 내가 벌써 80이 넘었으니 말이야. 그리고 옛날에는 주인장들이 얼마나 정성스럽게 요리했는지 몰라. 재료도 눈대중에 펑펑 썼지. 그러니 맛있을 수밖에."

"그렇죠, 그런데 요즘에는 레시피를 만들어서 그대로 하니까요. 아무래도 정성이 덜 하겠죠."

지난해 회사 동료와 돈가스 전문점에서 점심을 했을 때였다. 유난히 맛있는 돈가스에 "여기는 사장님이 직접 조리하시니 확실히 맛있네요. 일반 체인점하고는 달라요"라고 내가 말했다. 그러자 동료가 "그렇죠. 프랜차이즈 식당은 냉동 음식을 데워 주기만 하니까요"라고 말했다.

순간, 새로 발령받아 온 나를 따뜻한 마음으로 대해 주는 그가 고마워 "주무관님처럼 마음의 온도가 따스한 사람과 먹으니 더 맛있네요"라고 고마움을 표시했다. 그러자 그가 "아, 그런가요. 그건 과찬이신데요. 하하하"라고 말했다.

그렇게 그날, 그때, 그 시간의 여백은 정성 어린 요리와 사람 냄새로 하모니를 이뤘다.

그날의 아이스아메리카노 속 얼음은 따뜻했다

"손맛으로만 낼 수 있는

사람 내음 나는 정겨운 음식이

그리운 이유는 무엇일까?"

해
의
노
래

이글이글 해가 탄다.
그 어떤 방해물이 얼씬도 못 하게
거친 타오름이
그 무엇도 두렵지 않은 듯
온 우주의 에너지가 응축되어 폭발하듯

보아라.
바로 이게 나다.
나에게 덤빌 자 있느냐.

그날의 아이스아메리카노 속 얼음은 따뜻했다

그 위엄에 구름들이 놀라 갈라서고
그 진중한 모습에 파란 하늘이 무대가 되어
노래한다.
내가 왔다고
그대들의 빛이 되기 위해.

소리 없이
내가 왔다고
그대들아 걱정 말라고.
따뜻하게 속삭이며
온몸을 감싸주며
응원의 노래를 부른다.

오늘 옆에 있겠다고
그대가 찬란한 빛을 발하기를
그대가 다시 비상하기를
간절히 바라며.

그대의 마음속 얼음을 살포시 녹여주듯
온기를 내뿜으며

차디찬 겨울을 보내고 있는 그대에게
소리 없이 노래한다.
내가 왔다고
걱정 말라고.

보아라 세상아.
이게 바로 나다.
나에게 덤빌 자 어디 있느냐며
내일을 맞이하라고.
따뜻하게 속삭이며
온몸을 감싸주며
응원의 노래를 부른다.

그날의 아이스아메리카노 속 얼음은 따뜻했다

"차디찬 겨울을 보내고 있는 그대에게

내가 왔으니 걱정 말라고

소리 없이 노래한다."

그날의 아이스아메리카노 속 얼음은 딱 좋았다

사유의 물결

사람은 보이는 것보다 내면의 격이 중요하다. 그
렇다면 내 안의 나를 살피는 데에 좋은 것은 무엇
이 있을까.

얼마 전, 한 일본인에게 여기에서 생활하면서 불
편한 것이 있다면 무엇이냐고 물었더니 그는 "이웃
들의 차들이 다 커요. 소형차가 별로 없어요."라고
했다. 일본에서 살았던 나는 그의 말에 공감했다.
일본의 보통 사람들은 소형차를 이용하고, 그들의

집도 넓지 않았던 기억에 주거환경은 어떠냐고 다시 물었다. 그러자 그는 굳이 큰 집이 필요 없는데도 커야 한다며 돈이 많이 든다고 했다. 그러면서 품위유지비가 많이 들어 불편할 때가 있다면서 여기서는 필요 이상으로 남의 시선을 의식하며 사는 것 같아 안타까울 때가 있다고 했다.

하긴 아이들이 학교에 입학하면 반 친구들에게 처음 듣는 질문이 너네 집은 몇 평이야? 너네 아빠는 무슨 차를 타? 등이라는 얘기는 예전에 들은 적이 있다. 아파트 평수와 상관없이 단지에 들어서면 소형차는 거의 없고 직장, 마트 등의 주차장에도 중대형이 대부분이다. 굳이 큰 차나 집이 필요 없는데도 그럴 수밖에 없는 이유는 그만큼 남에게 보이는 나를 의식하는 사회적 분위기 때문은 아닐까 싶다.

다 그렇지 않겠지만, 일본에서는 타인을 의식하는 경우는 많지 않고 나도 그랬다. 그럼 지금 우리는 어떨까. 위에서 얘기했듯 그 반대라고 해도 부인할 순 없을 것 같다. 나도 한때 그 안에 있었고, 지금도 거기에서 온전히 벗어났다고 장담할 수 없다. 단지 안 그러기 위해 노력할 뿐.

그날의 아이스아메리카노 속 얼음은 따뜻했다

남의 시선에 생각을 두지 않으면 자신에게 오롯이 집중도 하고 힘도 낼 수 있지 않을까. 자신과 슬픔이나 기쁨을 나눌 수 없는 사람들의 말에 굳이 신경 쓸 필요가 없기도 하고.

여럿이 대화할 때 주변에서 자신을 추켜올려 주기라도 하면 신나서 무심코 속내를 얘기해 버릴 때가 있다. 그들은 전혀 관심이 없는데도. 분위기나 누군가의 의도에 말리게 되면 순간적으로 자신의 정체성이 흔들릴 수도 있다.

나도 예외일 수가 없다. 내가 주위에 많은 생각을 안 두고 살려는 이유다. 그렇다면 내게 집중하는 데 도움이 되는 것은 무엇일까. 바로 산책이다.

하루를 마무리하면서 하든 점심 후에 짬을 내어 걷든, 나를 돌아보고 내 안의 나를 살필 수 있어서다. 또 부유하는 생각들을 정리하며 나를 위로하기도 격려하기도 한다. 그러면서 성숙한 자아와 만나고 마음의 근육도 단단해진다. 내가 산책하는 또 다른 이유다.

저녁에 공원을 나가보면 산책하러 나온 많은 사

람을 볼 수 있다. 어떤 이는 반려견과 또는 가족과 함께하고, 어떤 이는 음악을 들으며 또는 유튜브를 보며, 옷매무새에는 신경을 쓰지 않은 채 저마다의 목적을 갖고 걷는다.

산책은 나와의 대화할 수 있는 시간이요, 과거로 거슬러 올라가 성찰의 시간을 갖고 미래의 나를 그려볼 기회를 부여한다. 걷는 순간부터 현재는 붙잡을 수 없는 과거가 되어 가고, 조각조각 퍼져있는 가상의 공간에서 사람들과 만나고 멈출 수 없는 거대한 사유의 물결 속으로 빠져들며 반추에 반추를 거듭한다.

산책을 시작한 지 이제 10년이 넘어 20년을 향해 흐른다. 때로는 해찰의 시간을 선물하여 나를 무념무상에 빠지게 하는 그.

그날의 아이스아메리카노 속 얼음은 따뜻했다

"복잡한 생각에서 떠나,

내게 집중할 수 있는 산책이 좋다."

그날의 아이스아메리카노 속 얼음은 따뜻했다

일본에서 사람과 만나 식사를 하거나 차와 다과를 먹을 때 자주 듣는 말이 있다.

"이따다끼마스(잘 먹겠습니다.)"

음식을 만들어 준 사람에게는 예(禮)를 건네고, 우리가 생명을 유지할 수 있도록 희생하는, 어느새 우리가 익숙해져 버렸을지도 모를 소중한, 모든 생명체에게 보내는 감사의 인사일 것이다.

그날의 아이스아메리카노 속 얼음에게도…….

●.

아내는 저녁 시간이 되면 식성이 까다로운 장모
님에게 맞추느라 메뉴를 정하기 바쁘다.

"엄마 저녁 뭐 해줘?"

아내가 말했다.

"글쎄…? 뭐 먹을까?"

장모님이 말씀했다.

"오늘은 생선 구워줄까?"

아내가 다시 말했다.

"???…"

장모님이 아내의 얼굴을 물끄러미 쳐다보며 아무
런 대답이 없자 아내가 다시 이렇게 말한다.

"그럼 고기 구워줘?"

고기도 별로 내키지 않으신 듯 장모님은 아내의
얼굴만 계속 쳐다보며 이렇게 중얼거리신다.

"음……."

이제 익숙해진 친정엄마의 고민이 이어지자 아내
가 이렇게 갈무리한다.

"그냥, 고등어 구울게."

"응, 그래."

끼니마다 신경이 가는 장모님과는 다르게 아무것이나 잘 드시는 장인어른은 아내의 손이 전혀 필요가 없다. 장모님과의 대화를 옆에서 지켜보던 나는 장인어른과 장모님의 건강에 대해 아내와 얘기를 시작했다.

"장인어른의 건강 비결은 무엇일까?"

내가 물었다.

"글쎄. 뭘까? 아마 닭을 자주 드셔서일 거야."

아내가 말했다.

"그런가? 하긴 닭고기에 필수 아미노산이 많다고 하지."

내가 다시 말했다.

여름철 보양식으로 널리 애용되는 음식인 닭고기는 다른 고기류보다 기름이 적어 혈관 건강과 면역력 유지에 좋아 장수 식품으로 알려져 있다. 언젠가 내가 수술 후에 병원에 갔을 때 담당의도 치킨이

그날의 아이스아메리카노 속 얼음은 **따뜻했다**

다른 것보다 기름기가 적다고 추천했다.

"교수님, 제가 돈가스 같은 것을 먹어도 될까요?"

"치킨 돈가스는 괜찮아요."

오래전 한동안 건강을 위해 나는 기름기가 없는 것을 먹어야 했다. 동물성기름은 몸에 부담을 주기 때문이다. 그래서 닭가슴살이 최고였다. 양배추에 간장양념을 한 닭가슴살은 호박고구마, 팥빵과 함께 지금도 나의 건강식품이다.

그리고 아내와 딸을 외국에 보내고 기러기 생활할 때 혼자 요리하기에 손이 많이 가지 않아 편했다. 쉽게 배고프지도 않았다. 퍽퍽한 닭가슴살을 잘 먹는 습관이 생긴 덕인지 지금은 아무 음식이나 주는 대로 잘 먹게 되었는지도 모르겠다. 음식에 감사를 먹기 때문일 것이다.

우리가 먹는 음식은 다 생명체이다. 닭, 소, 돼지, 오리, 배추, 오이, 냉이, 호박, 고구마, 콩, 고등어, 멸치, 사과, 배, 귤, 딸기 등 셀 수 없다. 그들의 소리 없는 희생 없이 우리는 살 수 없다. 그들에 감사할 이유일 것이다.

●.

얼마 전에 친구 어머니 문상을 다녀왔다. 그 뒤 그 친구를 만나 점심을 먹고 카페에 들렀다. 주문을 마치고 자리에 앉았는데 계산대 너머의 싱크대에서 사람들이 마시고 간 커피잔 속 얼음이 버려지는 모습이 보였다. 그날따라 왠지 유별나게 그들이 안쓰럽게 다가왔다. 아이스아메리카노 속의 얼음들이 그 역할에 수명을 다하면 가차 없이 배수구 안으로 던져지고 있었다. 친구 어머니의 문상에 다녀오고 나의 존재에 대한 감사의 여운 때문일까. 불평 한마디 하지 않는 그들의 희생에 마음이 따스했다.

어릴 적 팥빙수를 먹으러 빙수 가게에 가면 주인 아저씨가 빙수기 위에 두꺼운 얼음을 놓고 기기 옆에 달린 둥그런 손잡이를 획획 돌리면 얼음덩어리는 사각사각 소리를 냈다. 그럼 눈처럼 하얀 슬라이스 얼음이 그릇 안에 소복하게 쌓이고, 맨 위에 팥

그날의 아이스아메리카노 속 얼음은 따뜻했다

앙금을 가득 올려 주면 그 맛이 얼마나 좋았는지 모른다.

●

　커피잔 속에서는 아름다운 하모니를 만들며 주인들의 귀를 호강시켜 주기도 하는 그들. 와작와작 깨물어 흔적을 지워버려도 헌신짝처럼 내동댕이쳐져도 말없이 보답을 바라지 않으며 헌신하는 그들이 따스하게 다가온 날이다.

　오늘 만난 그들과 따스한 이별을 한 후 싱크대 홀을 지나 하수구를 거쳐 물줄기를 이루어 냇가로, 호숫가로, 그리고 바다로 흐르고, 다시 우리의 투명 유리잔과 다시 만날 때처럼.

　열린 마음을 꿈꾸며…

"커피를 시원하게 해 준 얼음에서

따뜻함을 느낀 하루"

아내와 딸이 지난해에 일본의 후쿠오카에 갔다 왔다. 짧은 여행이었지만 오랜만에 둘이서 해외로 나갔으니 색다른 길이었을 것이라고 생각해 아내에게 이렇게 물었다.

"어땠어? 처음 가본 곳이라 괜찮았지?"

"사용하는 언어와 공간만 다를 뿐, 한국의 한 거리에 있던 기분이었어. 한국 사람들도 많긴 했지만, 자연에 기댈 수 있는 여유로움은 없었어."

얼마 전 눈이 내리는 날, 아내의 아는 분이 이렇게 말했다고 했다. "지금도 그 식당이 있는지는 모르지만 이대로 차를 몰고 그곳에 가서 맛있는 거라도 먹으면 좋겠다." 그러면서 몇십 년 전에, 목포에 있는 한 산을 오를 때 이야기를 들려주었다고 했다. 그날도 눈이 많이 내려 위험했던 일을 떠올리면서 이렇게 말했다고 한다.

"산에서 내려와 소문난 맛집을 찾는데 몸은 지치고 헤매다가 사람이 많은 아무 곳에나 들어가 밥을 먹었어. 식사를 마치고 '돌식당'이라는 곳을 찾는데 도저히 못 찾아 이곳에 들어왔다'라고 말했더니 사장님이 '여기가 돌식당입니다. 하하하'라고 하시더라."

이처럼 우리는 자연에 기대는 여행길에서 뜻밖의 행운을 맞이하기도 한다.

누구는 좋은 여행이 책 100권을 읽는 효과가 있다고 한다. 책은 간접적으로 또 다른 세상을 만나지만 여행은 자연과 직접 대화하는 시간을 갖게 해준다. 각양각색의 세상 모습과 사람들을 보면서 새

그날의 아이스아메리카노 속 얼음은 따뜻했다

로운 자신을 발견하고 마음에 치유를 얻기도 한다.

●.

"여행이 보약이네!"

아내와 딸이 부산에 갔다 온 날 집 근처 닭발집에서 내가 딸에게 한 말이다. 유난히 얼굴이 환해 보이는 아이의 모습을 보니 좋았다. 난 여행을 자주 가는 편이 아니다. 반면 아내는 젊었을 때부터 여행을 좋아했다고 했다. 그래서 틈이 생기면 여행을 가고 싶어 하지만 코로나19의 창궐과 장모님 간호로 여행을 자주 못 갔었다. 그런 아내는 딸과 가는 여행이 언제나 기분 좋다고 하면서도 여행지에 가서도 손이 가는 딸 때문에 투덜댄다⑵. 바닷가를 지나면서 딸과 아내는 다음과 같은 대화를 나눴다고 했다.

"와! 너무 좋다. 엄마는 안 좋아?"

"난 잘 모르겠어. 그러니까 넌 아빠와 와야 된다니까. 둘은 감성이 통하잖아."

10여 년 전부터 장인 장모님을 모시고 살고 있다. 몸이 불편해지신 장모님 때문에 우리 부부는 함께 여행을 가기 힘들어져 아내와 딸, 둘만이 여행을 가는 경우가 많다. 나는 아쉽지만 어찌하겠는가. 부모님을 모시고 살면 다 그런 것을.

　　그런데 이번 여행을 하고 온 다음 날부터 두 사람이 배탈로 며칠째 고생했다. 둘 다 바닷조개를 먹어서 그런 것 같다고 한다. 아내는 예전에 나와 부산을 갔다 와서도 똑같은 고생을 했다. 그래도 여행 가서 남는 것은 먹는 추억이 최고라고 하며 너스레를 떨었다. 딸도 맞장구를 치며 다음 행선지는 속초가 될 것 같다면서 여행을 가면 자연이 주는 에너지를 얻으니 좋다고 했다.

．

　　먹는 게 남는 것이라고 사람들은 얘기한다. 장모님도 그 말에 전적으로 동의를 하신다. 여행을 주제로 장모님과 나누는 대화에서 늘 단골로 등장하는 말이 있다.

"자네들 싱가포르에 있을 때 그 음식 있지. 자네가 나를 데리고 일본 갔을 때 초밥 먹었던 것이 지금도 생각나네."

그러면서 "여행에서 남는 것은 먹거리야. 중국 가면 얼마나 먹거리가 많은지 몰라. 미국은 양이 얼마나 많은지 다 먹을 수도 없지."라고 하시면서 요세미티의 웅장함도 빼놓지 않는다.

여행지에서 느낄 수 있는 것은 색다른 공기와 거리에서 보는 사람들의 표정도 빼놓을 수가 없다. 그러면서 자연에 기대어 마음의 치유도 받는다. 자연은 우리에게 바라지 않고 주기만 하는 든든한 후원자라는 것을 알기에 딸이 여행에서 돌아와 속이 안좋아 고생하고 있지만, 얼굴빛이 밝은 것은 사람이아닌 자연에 마음을 기대니 그 보답으로 딸에게 보약이라는 선물을 준 것은 아닐까 생각이 든다.

나도 보약 먹으러 서울 시내에 도보 여행이라도 가고픈 날이다.

"여행이 보약이네!"

광화문 거리의 공중전화박스

아내와 딸이 부산 여행길에서 가지고 온 '마음의 보약'을 먹을 심산으로 광화문을 다녀왔다. 나는 초 중고를 서울의 강북지역에서 나와서 그곳은 내 기억의 조각들을 조립하다 보면 추억 거리가 새록새록 솟는다.

●.

광화문 네거리를 접어들어 구세군 회관으로 가

다 보면 학생들이 검정 교복 차림으로 삼삼오오 모이곤 했던 '크라운 제과점'이 있었고 그 건너편에는 떡볶이의 전성시대를 열었던 '미리내 분식점'이 있었다.

광화문을 바라보고 걷다 보면 우측으로 '정독도서관'이, 왼편에는 사직도서관(현 종로도서관)이 있다. 시험 기간에 좌석을 확보하려면 새벽 5시까지 도착해서 긴 행렬을 만들기도 했다.

오전 내내 공부하고 점심시간이 되면 친구와 만나 지하식당에 가서 김밥과 라면을 먹었다. 그 옆에는 다음 날 볼 시험과목의 필기 노트와 영어단어장이 있었다. 요즘 학생들은 동네에 도서관이 흔하고 카페에서도 공부할 수 있어 서울까지 갈 일이 거의 없지만 말이다.

●

오랜만에 간 광화문 거리. 옛 생각을 하며 걷다가 추억의 공중전화박스가 눈에 다가왔다. 그 박스 안 수화기는 우리의 연락병 역할을 잘 수행했고 이성

그날의 아이스아메리카노 속 얼음은 따뜻했다

친구와 집에서는 못할 얘기들을 할 수 있었던 곳이기도 했기 때문이다.

오늘은 그곳에서 마음속에 수채화 한 폭을 담고 왔다.

공중전화박스를 핸드폰에 담으려는데 그 옆에 택시를 잡으려는 여성 한 분이 계셔서 카메라 버튼을 누르지 못했다. 내가 사진을 찍으려는 것을 알아차린 그녀는 택시 잡기를 멈추고 그곳을 피해 주었다. 미안한 마음으로 그녀에게 말했다.

"사진에 안 나오게 찍겠습니다. 신경 쓰지 마시고 택시 잡으셔도 됩니다. 죄송합니다. 바쁘신 거 같은데, 방해해서요." 그러자 그녀는 "아니요. 편하게 찍으시라고 그런 거예요."하고 말하며 뒤로 물러나 주었다.

나는 황급히 카메라 버튼을 누르고 그곳을 떴다. 그리고 조금 가다가 뒤를 돌아 그곳을 보았더니 그녀는 어느샌가 가고 없었다. 나의 발걸음은 가벼웠다. 그것은 그녀가 내게 편하게 찍으시라고 했다는 배려의 말에 내 마음의 온도가 상승했기 때문일 것이다.

집에 도착해 저녁을 하기 위해 식탁에 앉아 있는 내게 장모님이 이렇게 말씀하셨다.

"자네 얼굴색이 너무 좋네. 좋아."

아마도 오늘 광화문의 그녀가 준 보약 한 첩의 효과인지도 모를 일이다.

"광화문에서 받은
뜻밖의 보약 한 첩"

기
러
기
생
활
이
준
마
법

2007년, 딸의 유학을 위해 해외 현지답사를 하
고 돌아온 아내에게 내가 물었다.

"가보니 어때?"

아내가 밝은 목소리로 말했다.

"응. 좋아 아주."

그러자 내가 이렇게 말했다.

"그럼 바로 가."

그러자 아내는 망설이며 이렇게 말했다.

"천천히 준비해서 내년쯤에 갈게."

그날의 아이스아메리카노 속 얼음은 따뜻했다

나는 아내에게 용기라도 주듯 다시 이렇게 말했다.

"그럼 못 갈 수도 있어. 마음먹을 때 가야지."

아내는 그곳에 있는 친구들에게 들은 얘기를 전하며 이렇게 말했다.

"지금 국제학교에 자리가 비는 곳도 없대. 그러니 내년으로 하자."

"그럼 내가 알아볼게."

내가 일본 유학을 하면서 배웠던 '결정하면 바로 행동으로 옮기기'를 딸의 유학에 실천했다. 시간을 두고 알아본 후에 간다는 아내의 의견을 뒤로하고 나는 일사천리로 일을 진행했다.

일주일 뒤 딸이 다닐 학교에 등록금과 수수료 등을 송금했다. 학생 수도 적어 아이가 현지에 적응하는 데도 도움이 될 것 같았다. 교실에 인원이 적으면 어학을 배우는 데 좋은 환경인 것을 내 일본 유학 경험으로 알았고 그 예상은 적중했다. 딸은 2년 후 규모가 큰 국제학교로 옮기기 전까지 자신의 역할을 잘해 주었다.

"그때 싱가포르에 바로 안 갔으면 우울증 걸렸을지도 몰라."

"······."

싱가포르에 간 후 밝은 모습을 되찾고, 아내가 나에게 한 말이다. 갑작스럽게 남편에게 찾아온 군 손님 때문에 방에서 화장대 거울을 보며 한숨을 쉬던 아내의 모습이 떠오를 때면 그녀가 속앓이를 호되게 하고 있다는 것을 잘 알았기에 나는 침묵했다.

•.

아내와 딸을 싱가포르에 보낸 후 나는 떨어진 체력 회복에 힘을 쏟았다. 자신과의 싸움이었다. 어느 때보다 절제의 힘이 필요했다. 모든 만남을 끊으며 오로지 몸 회복에 최선을 다했다. 체중은 60킬로미터 아래로까지 떨어진 상태였다.

물은 하루에 4리터 이상을 마시며 몸의 독소를 수시로 소변과 같이 배출했다. 실내 자전거를 한 시간 타고 난 후에 먹는 고구마는 삼시세끼 주식이었다. 부엌에 있던 소금은 전부 치웠고 간장으로만 간을 했는데, 지금도 집에는 소금이 없다. 단백질은 주로 양파를 섞은 닭가슴살을 요리해서 해결하고 피곤할 때면 단팥빵을 먹었다. 그렇게 2년이 지나고 몸이 어느 정도 회복했고 수치들도 정상 범위에 들어가기 시작했다.

이러한 경험 때문에 지금까지 삶에 있어 신호등을 건널 때마다 나는 건강의 소중함에 언제나 감사한다. 하는 일이 잘 안되거나 할 때는 "이렇게 걷고 살아 있는데. 이것만으로도 감사할 일이요, 기적인 것을 알기에!" 하며 내 마음을 달랜다. 음식은 금지해야 할 것을 제외하고 가림 없이 먹는다.

수술실에서 나와 세상과 다시 조우하고 회복실의 창가 너머로 보이는 파란 하늘을 보며 첫 번째로 결심한 것이 있었다. 아이와 아내를 외국으로 보내기로 한 것이었다. 높은 산을 넘은 후 내가 할 수 있을 때 아내에게는 정신적 휴식을, 딸에게는 넓은 세상을 경험하게 하는 선물을 주고 싶었다. 그것이

157

가장과 아빠로서의 사명이라고 생각했다. 무엇과도 바꿀 수 없는, 무조건적 사랑과 절대적 의무감에서 나온 결정이었다.

사람이 태어나 죽도록 사랑 한번 해 보거나 출세를 하거나 할 것인데 나는 무엇을 할 수 있을까? 그래, 가족에게 인생을 바쳐보는 것도 남자로서 이 세상에 여행 온 의미가 아니겠는가.
그런 마음으로 기러기 생활을 시작했다.

가족에 대한 사랑에는 마음의 온도를 올리는 마법이 숨어 있는 것일까. 오늘도 그때를 기억하면 내 마음은 따뜻해진다.

"내가 어려울 때 곁에 있어 준 가족에게

인생을 바쳐보는 것도

이 세상에 여행 온 의미일 거야."

차가 가족처럼 다가온 날

　오랜만에 아내, 딸과 손 세차를 하고 왔다. 건강을 위해 시작한 걷기가 일상이 되어 가고 있는 나는 직접 운전을 해 본 지가 10년이 훌쩍 넘었다. 그래서 그동안 차의 청결은 운전을 전담하는 아내가 해왔던 터라 오랜만의 가족 행사였다.

　예전에는 출퇴근할 때도 차를 이용했지만, 운전을 그다지 좋아하지 않았었고 몸을 움직이는 것이 다시 찾은 건강을 지키는 데에 좋다고 생각해 술, 담배와 함께 이별했다.

요즘은 대부분 주유소에 딸린 기계 세차를 이용해서인지 직접 세차를 할 수 있는 '자가 손 세차장'을 발견하는 것은 쉽지 않았다. 아내도 평소에 기계에만 의존해서 차를 직접 목욕시킬 일이 없어서인지 손 세차장을 찾는 데 애를 먹었다.

동네를 여기저기 돌아보는 동안 얼마 전에 헤어진 우리 집 애마가 생각났다. 눈물을 흘릴 정도는 아니지만, 오랫동안 같이한 녀석과 이별하면서 새 주인을 찾아 줄 중개인에게 키를 건널 때는 아쉬움이 마음 한편에 자리했다. 장모님을 병원에 모시고 갈 때도 마트에서 산 무거운 과일상자를 녀석의 등받이에 싣고 올 때도, 장인어른이 주말마다 교회에 가실 때도 자신의 역할을 잘 수행했던 고마운 녀석이다. 여기저기 고장이 날 때도 있겠지만 새 주인과 오랜 세월 잘 지내기를 바라는 마음이 뭉게뭉게 피어올랐다.

녀석과 헤어진 후 새 식구가 된 녀석을 목욕시킬 세차장을 30분 동안 찾다가 하는 수 없이 내비게이

션의 도움을 받아 그곳에 도착할 수 있었다. 우리는 우선 차량 외부에 거센 물을 뿌려 먼지를 제거한 다음 거품 걸레질을 하고 녀석을 별도의 장소로 이동시켰다.

녀석이 얼마나 시원할까, 라는 생각을 하는 사이 아내의 지시에 따라 나는 그의 외부를 걸레로 부드럽게 닦으며 내부는 청소기로 묵은 때와 먼지들을 없애면서 앞 범퍼 밑과 전조등이 있는 부분을 열심히 문질렀다. 그러고 있자니 딸이 어렸을 때 목욕을 시켜줄 때가 생각났다. 그때처럼 애정을 담아 정성스럽게 차량 틈새 곳곳을 훔쳐 가는 사이 녀석이 어느새 가족처럼 다가와 가슴이 뜨거워지기 시작했다. "아! 살다 보니 이런 일도 있구나!" 싶었다. 차가 가족이 되는 순간이었다.

●

나에게는 오랫동안 아끼면서 사용하는 것들이 있는데, 그중에 10년을 넘게 입고 다니는 코트가 있다. 색이 바라고 양쪽 호주머니 옆이 해져서 보기

싫다며 버리라는 아내의 성화에 못 이겨 아파트 앞 옷 수거함에 넣을 법도 한데, 난 아랑곳하지 않고 수선집에서 비싼 값을 치른 후 철이 되면 그 녀석을 옷장에서 꺼낸다. 평생 같이 가기로 다짐한 게 오래지만, 소중한 옷 한 벌도 가족처럼 인생의 한 동반자로 함께 나이를 먹어가는 것도 괜찮다고 생각했기 때문이다.

세차장에서 돌아와 집 앞 공원을 찾았다. 푸른 하늘과 햇볕, 울창한 나무들 사이에서 들리는 매미 소리, 스치는 바람도 모두 가족같이 느낀 날이다.

존재의 위대함에 감사하며.

"오랫동안 함께하는 존재들에 감사하며"

아내의 영역

"넌 아직 안 늦었으니 잘 준비하도록 해라."

얼마 전에 만났던 선배가 헤어지며 한 얘기다. 정년이 몇 년 안 남은 내가 걱정되었던 것 같다.

기대수명이 늘어난 것은 축복이라지만 한창 활동할 시기에 집에만 있기란 곤욕일지도 모른다. 많은 직장인은 퇴직하면 오갈 데가 마땅치 않다고 한다. 돈이라도 충분히 모아뒀으면 몰라도 그렇지 않은 경우는 은퇴 후에도 생계를 위해 직업전선에 뛰어들어야 한다.

의사들은 건강을 위해 퇴직 후에도 사회활동을 적극적으로 하는 것이 좋다고 권장하지만, 일자리가 없는 사람들에게는 먼 나라 얘기로 들릴 수 있다.

그 선배는 내가 사회 초년생일 때부터 인연을 맺고 지금껏 알고 지낸다. 그날은 오전에 그에게 연락을 하고 약속을 잡았다. 5년 만의 만남이었다. 내가 기업 홍보팀에서 언론 담당이었던 시절 기자였던 그는, 내가 회사를 옮긴 후에도 얼굴을 보며 지냈다. 그러나 내가 공무원이 된 후에는 기회를 갖질 못하고 전화로만 가끔 안부를 묻곤 해서 마음 한편이 늘 불편했다. 대학을 일본에서 다녔던 터라 아는 선배가 귀했던 나는 만남 때마다 조언을 아끼지 않았던 그를 좋아했다.

약속 장소를 을지로 지하철역 근처로 정하고 이동 중에 그에게 전화가 왔다.

"넌 못 먹는 음식 있니?"

"아니요, 다 잘 먹죠."

이어진 목소리는 지하철의 운행 소리에 묻혀 "형, 지하철 소음에 안 들려요."라고 했더니 형이 "그럼, 문자로 남길게."라고 한 후 전화를 끊었다.

잠시 후에 "지하철역 앞 건물 지하에 메밀 전문점이 있는데, 거기서 메밀 정식을 주문하고 연락 줘."라는 내용의 문자가 왔다. 그 장소에 도착해서 메밀 정식 2개를 시키고 그에게 연락했더니 5분 후에 오겠다고 했다. 그 틈을 이용해 나는 빈 테이블에 자리를 잡았다. 곧 음식이 나오고 그도 도착했다.

"어디 얼굴은 어떠냐?"며 나를 잠시 쳐다보더니 "괜찮구나, 다행이다."라고 그가 운을 띄웠다.

그러자 내가 "형님도 젊어지셨는데요. 여기는 자주 오세요?"라고 말했다.

그러자 다시 그가 이렇게 말했다.

"응, 손님이 오면 여기서 주로 점심하고 위에 가서 커피 한잔하고 그래."

"네…"

잠시 후 그가 나의 딸의 안부를 물었다.

"애는 졸업하고?"

나는 그가 하고 있는 일이 궁금해 딸이 대학을 졸업했다고 하며 이렇게 물었다.

"네, 금년에 했어요. 일은 어떠세요?"

그러자 그는 지금 하고 있는 일이 육체적으로 힘이 드는지 이렇게 말했다.

"응, 몇 개월 됐는데, 체력적으로 힘드네."

이런저런 이야기를 주고받는 사이 식사를 마치고 우리는 2층으로 자리를 옮기며 내가 다시 대화를 이어갔다.

"형님, 사진관이라도 하시지 그러세요."

"그것도 이제 한물갔어. 요즘은 핸드폰으로 사진 편집도 가능한 시대야. 돈 날리기 십상인 사업이 돼 버렸지."

"그럼, 집에서 좀 쉬지 그러세요. 그동안 고생하셨는데."

"30년을 넘게 밖에서 일하다가 낮에 집에 있으면 집사람이 불편해해. 지금껏 아내의 영역이었는데,

그걸 침범하면 좋아하겠어?"

형수님에 대한 배려심으로 항상 깨어있는 형님이 존경스럽기도 하면서도 집에 같이 있는 것을 좋아하는 내 아내가 고맙다는 생각도 들었다.

그는 월 200만 원 조금 넘게 받으면 절반은 형수님에게 드리고 여기저기 경조사 용도로 사용한다고 했다. 은퇴 후에 경조사비를 위해 형수님에게 손 벌리는 것을 못 하겠더라고 하며 이렇게 말했다.

"그래서 일을 해. 집사람 자유를 빼앗는 것도 싫고."라는 그의 이야기에 갑자기 선배의 연금액이 궁금했다.

그러자 내가 "형님, 연금은 얼마나 나오세요?"라고 물었더니 지금 받고 있는 월급 정도라고 했다. 예상보다 적은 액수에 나는 조금 놀랐다. 그래도 직장 생활을 오랫동안 했는데, 연금액이 이 정도라니!

조금 후 "그 돈으로는 서울에서 생활할 수가 없어. 그렇다고 시골에 내려가자니 연고지도 없고, 그래서 이 일이라도 해서 부족액을 채워야지. 우리 부부가 생활을 하려면 한 달에 최소 300만 원은 있어야겠더라고. 그런데 이 일이 육체적으로 힘드니까 오래는 못 할 거 같아."라는 그의 말에 건강을 잃고 혹독한 겨울을 지내본 적이 있는 나는 그가 걱정이 되어 "건강이 우선입니다."라고 말했다. 그러자 그는 고개를 끄덕이더니 이야기를 이어갔다.

"이 일을 하면서 옛날 직장이 편했다는 생각을 많이 해. 여긴 쉬는 시간도 점심때밖에 없고 몸을 쓰는 일이라 힘에 부쳐. 그래서 같이 일하는 사람들이 대단하다는 생각도 들어. 인간 수명이 늘어 축복이라고 하는데, 돈이 없는 사람들에게는 축복이 아닌 비극인 것 같기도 해. 종로 탑골공원에 가서 장기, 바둑을 두거나, 만나면 당구에 술잔을 주고받는 것은 생산적이지 못하다는 생각이야. 그래서 70세까지는 일을 하며 살고 싶어. 일찍이 노후를 대비하지 못한 것도 아쉽고 그래."

점심시간이 다 지나 자리에서 일어나 인사를 나누고 헤어졌다.

"형, 건강 잘 챙기시고요."

그날의 아이스아메리카노 속 얼음은 따뜻했다

"그래, 연락하자."

●.

 지하철을 타려다가, 왠지 걷고 싶어 밖으로 나오
는데 순간 울컥했다. 왜 그랬을까? 체력적으로 힘
들다며 여기저기 상처가 난 손을 보여준 선배의 모
습이 측은해서였을까?

 "집이라는 공간은 낮에는 아내의 영역이야."라는
그의 말에 먹고살 만한데 엄살을 부리는 지독히도
센 남편으로서의 자존심이 담겨 있다고 생각한 답
답함이었을까? 오랜만에 마말레이드(Marmalade)의
"리플렉션 오브 마이 라이프(Reflection of my life)"에 마
음을 실었다.
 그렇게 걷다 보니 명동까지 도착했다. 좋아하는
밤 식빵이 나오는 시간이 되어서 명동성당 지하 빵
집에 들렀다. 아내와 장모님이 좋아하는 빵도 샀다.
 밖으로 나오니 여름 낮의 햇볕이 따뜻했다.
 내 마음처럼.

내
가
미
치
도
록
걷
는
이
유

　무엇을 시도하는 것은 좋은 일이다. 시도하다가
도중에 그만두는 일이 있어도 무엇에 도전하는 것
은 보람 있다. 해보지도 않고 후회라는 녀석과 만나
는 일이 없도록 일상에서 소소한 것부터 하는 것도
괜찮을 것이다.

　코로나에 걸려 입원했다가 퇴원하고부터 떨어진
체력을 회복하기 위해 걷기에 열중한다. 저녁을 하
고 습관적으로 공원을 찾는다. 처음엔 가벼운 산책

　그날의 아이스아메리카노 속 얼음은 따뜻했다

을 했다. 시간이 지나니 욕심이 생겼다. 좀 더 빠르게 걸었다. 평소보다 10센티미터 보폭을 넓게 해서 걷는 것이 좋다고 해서다.

한 시간 정도를 하면 몸이 가벼워지기 시작한다. 어떤 때는 마치 공중부양이라도 할 수 있을 것 같다. 운동을 해 본 사람들은 한 번쯤은 경험할 수 있다. 땀을 흘리고 마시는 물이 꿀맛이라는 것을. 걷기에 일정 시간을 투자하면 머릿속이 비워지기 시작하면서 영혼도 맑아진다. 물리적 시간과 정신적 시간의 간극이 사라지며 새로운 나를 발견한다.

●.

산책은 내게 두 가지 기능을 한다. 하나는 건강이고, 하나는 글쓰기를 위함이다. 이곳에서 얘기했듯, 건강에 탈이 난 경험이 있는 뒤부터 시작한 걷기는 지금껏 내 건강 지킴이로서 기능을 완벽하게 해 주고 있다. 다시 태어나게 한 건강에 대한 감사함은 말로 표현할 수 없고, 걷는 행위는 그에 대한 보답으로서의 한 방법이요, 사랑의 표징이다.

산책은 글쓰기에 있어서 글감의 밭이다. 걷다 보면 온갖 언어들이 떠오르고, 걷는 내내 허공에서 수정에 수정을 덧칠한다. 뿌렸던 언어들의 씨가 글로써, 그리고 작품으로 열매를 맺는다. 글쓰기와 산책을 하면 한두 시간은 훌쩍 지나간다.

"저녁에 자연과 대화하며 공원을 걷노라면 구름이 반기고 달이 빛으로 인사한다. 바람은 옷깃에 대고 말을 걸며, 땅의 기운은 운동화의 밑창 미세 구멍 사이를 뚫고 들어와, 발바닥에 온기를 불어넣으며 나를 격려한다. 마음의 창문을 열면 언어의 알갱이들이 하나둘씩 밖으로 톡톡 튀어나와, 바람 소리에 올라타 춤을 춘다."

건강을 위해 시작한 산책은 1년 전 글쓰기와 같이 하면서 그 기능도 진화했다. 그냥 걸었을 때보다 그 행복감은 몇 배에 이른다. 무엇이랄까. 희열 같은 것을 맛본다. 산책을 위해 몸을 움직이면 글쓰기를 위한 뇌가 작동하면서 마음을 치유할 때도 있다. 걷는 것을 넘어 사유하고, 걷다가 멈추고, 메모하고 다시 걷는 반복 행위들이 모여 작품을 위한 기능으로써의 변신도 일어난다.

그래서 걷는 것을 멈출 수가 없다.

두 달 전부터 무릎이 많이 아프다. 지금까지 미치도록 걸었던 후유증이 찾아왔을 것이다. 좀처럼 낫질 않아, 매일 병원에서 물리치료를 받고 있다. 산책도 잠시 멈춘 상태다. 대신 집에서 실내자전거로 땀을 뺀다. 자연과 함께할 때보다 실내는 사유의 기능이 활발하지 않다. 그래서일까. 글쓰기의 행보도 조금 더디다는 느낌을 받는다. 그러나 그것은 또 다른 진화를 위한 쉼표라고 믿는다. 건강도 글쓰기도. 이 과정을 이겨내고 다시 자연 속으로 나가면 몸은 더 건강해질 것이고, 더 두텁게 쌓인 내공으로 글쓰기를 할 수 있을 것이다.

그것이 내가 미치도록 걷는 이유다.

"산책은 자연이 나를 반기고,
어느새 땅의 기운이 나를 격려한다."

내면과 일치하는 행복

저는 결혼 전에 연애를 세 번 했는데, 그때마다 처음 만났을 때의 감정을 유지하지 못하고 헤어졌습니다. 연인들의 사랑은 불타오르기도 하고 식어버리기도 하는 것을 반복하면서 헤어지거나 결혼도 합니다만, 같이 사는 동안에도 처음처럼 설레며 애착을 유지하는 사람들은 드문 것 같습니다. 얼마 전에 친구를 만났을 때 그가 그러더군요.

"우리 동창들을 만나면 부부가 금실 좋게 사는 친구들이 그다지 많지 않은 것 같더라. 많은 친구들이 아내와 데면데면하며 지내더라고."라고 말입니다.

이처럼 남녀 간에 있어서는 상대를 사랑하는 감정과 자신이 일체를 이루며 행복을 느끼는 일이 드는가 봅니다.

모두가 그런 것은 아닙니다만, 맛있는 음식을 먹으면 행복을 느낄 때가 있고 남녀 간도 사랑에 빠지면 달콤한 키스나 섹스에 행복을 느낍니다. 그때 맛보는 것, 어쩌면 쾌락이라고 하는 것이 맞을지도 모를 그 행위들은 시간이 지나면 식기도 합니다. 반면, 자신이 몰입하며 애착을 갖는 어떤 대상과 내면이 일체를 이루면 행복은 오래갑니다. 가끔 주변에서나 언론매체에서 자신의 취미나 일에 열심인 사람들을 봅니다. 그들은 에너지가 넘치고 늘 긍정적이며 자존감이 높으며, 일시적인 쾌감보다 지속적인 행위에서 행복을 누립니다.

수년에 걸쳐 글을 쓰면서 행복을 느낀다는 한 할머니의 사연을 언론기사를 통해 접한 적이 있는데

그날의 아이스아메리카노 속 얼음은 따뜻했다

요, 그분은 글쓰기와 자신의 내면이 일체감을 이루어 행복을 느끼는 것일 테지요. 저도 글쓰기를 하면서 내 안의 속삭임에 사유에 빠지고 설렘에 잠을 설치기도 하는데요, 지하철을 타거나 산책을 할 때 사유에 사유를 덧칠하는 재미에 내 안의 나와 일체감을 느낄 때 또 하나의 행복을 느끼곤 합니다.

자아의 확대에서 오는 행복은 다른 이를 포용하고자 하는 마음에도 여유가 있습니다. 자신을 사랑하는 방법을 아는 이는 타인을 어떻게 사랑해야 할지도 아는 것이겠지요.

그래서입니다만, 나를 더 사랑하기 위해 애착을 가지고 할 수 있는 무엇인가를 찾아 시작해 보는 것은 어떨까요?

"나의 행복:

좋아하는 일과 한 몸이 될 때"

몸과 마음의 조화

국가 행사가 다가올 때면 편한 날이 별로 없다. 업무강도가 상상을 넘을 때도 있다. 한 치의 오차도 허용되지 않는 상황이 행사 당일까지 계속되면 몸과 마음이 지칠 대로 지쳐 직원들 사이에서는 웃음기도 사라진다. 나도 언젠가부터 그 대열에 합류한 거 같아 씁쓸한 마음이 들기도 했다. 내 마음을 돌보야 할 시간에 그러지 못한, 게을렀던 지난날에 대한 변명이기도 하지만.

건강을 위해 술과 담배를 멀리하고 그들이 백해무익이라는 것을 알았기에. 덕분에 주위에 사람이 줄기도 했지만. 떠날 사람은 가고 있을 사람은 있는 것이 인간관계이기에. 반면 가족과 함께 보낼 수 있는 시간이 많아져 감사하다. 담배는 바로 끊은 술과 다르게 이별하는 데 시간이 걸렸다. 헤어짐을 반복하다 세 번의 시도 끝에 완전히 작별할 수 있었다. 물론 가족이라는 울타리가 있어 가능했다.

　돌이켜보건대, 건강에 담배는 물론 술도 안 좋다는 생각이다. 굳이 두 가지 중에 어느 것과 먼저 이별을 고하겠냐고 물으면 난 서슴지 않고 "술이다!"라고 답할 것이다. 과음하면 몸도 힘들고 주머니가 비고 가족에게도 소홀하게 된다. 반면 냄새가 고약한 것과 몸에 해악을 끼친다는 의학적 해석을 제외하면 담배 피우면서 인사불성이 되는 경우는 없다. 그래서 과음하는 친구들을 보면 술 먹고 흐느적거리느니 담배 한 대 피우고 말라고 한다. 물론 가벼운 몇 잔은 문제 될 것도 없겠지만, 마시다 보면 어디 그런가? 사람이 술을 마시지 않고 술이 사람을 마시는 경우도 있다. 운동할 때도 그렇다. 몸을 괴롭히면 탈이 나는 경우도 있다. 자기가 감당할 수 있는 선을 넘어 달리다 보면 그 대가를 치른다. 허리, 무릎, 관절, 어깨 등이 고장이 나 병원을 찾게 되고 심지어 수술대에 올라가는 일도 있다.

●.

한번은 근력운동을 하면서 무리수를 둬서 허리와 어깨에 심한 근육통을 경험했다. 청년 시절을 생각하고 무리를 하다가 다친 경우다. 분수를 모르고 절제를 못 했기 때문이다. 병원에서 물리치료를 받았는데 별 효과가 없어 집에서 찜질과 안마기로 대신하고 회복했다. 이런 경험을 하고 나면 몸뿐만 아니라 마음도 한 단계 올라가는 느낌이다. 그만큼 정성을 쏟은 결과물일 것이다.

그럼 우리는 마음 돌보기에 있어서도 정성을 다할까? 소위 '몸짱'이 되고 싶어 누구는 몸에 많은 시간과 돈을 투자한다. 반면 마음이 힘들다는 소리에는 인색하여 무심코 지나가는 경우가 많다. 마음의 고통은 몸과 달리 소리 없이 우리에게 속삭이기 때문일지도 모른다. 그래서 마음은 갓 태어난 아기처럼 세심한 관심이 필요하다.

우리는 몸과 마음의 일체를 이뤄야 건강한 삶을 산다. 아무리 겉이 좋아 보여도 속이 곪아 있으면 균형이 깨진다. 겉으론 아무리 잘생기고 아름다워도 마음속에는 생채기가 가득 쌓여있다면 어떨까? 또 제아무리 맛있게 보이는 음식이라도 막상 먹어보면 별로일 때가 많다. 아무리 '스펙'이 훌륭해도 시간이 지나면 속 빈 강정인 사람도 있다. 그만큼 내용이 중요하다. 그 알참은 건강한 마음에서 생긴다. 훌륭한 인성도 자기를 사랑하는 건강한 마음에서 생긴다. 그런 사람을 우리는 일상에서 흔히 '진국'이라고도 부른다. 속이 꽉 찼기 때문이다. 속이 차면 음식도 사람도 특별하다.

"속이 묵직한 당신은 분명,

특별한 사람일 거야."

가끔은 잔소리가 필요해

저는 외출할 때 물부터 챙기는 버릇이 있습니다. 필수품이 된 지 오래인데요. 우리 몸에서 물이 차지하는 비중은 높다는 것은 누구나 아는 사실이지요. 제게는 더 특별한데요.

앞에서도 잠깐 얘기했지만 긴 마취에서 깨어난 후 저는 몸에 쌓인 독소를 빼야 했는데 몸무게는 10kg이 넘게 빠져 있었지요. 이것을 해결하는 데에 도움을 준 것은 운동과 음식, 그리고 물이었습

그날의 아이스아메리카노 속 얼음은 따뜻했다

니다. 물은 하루에 4리터 이상을 마셨지요. 물을 섭취한 후 수시로 화장실에 가서 세포 곳곳에 쌓여있을 찌꺼기를 소변과 흘려보내야 했었기 때문입니다.

물을 마시는 데에는 원칙을 세우고 공복에 주로 마시며, 점심때까지 2리터 이상을 섭취했습니다. 오후에도 2리터 정도를, 6시 이후가 되면 꼭 필요한 경우 외에는 안 마셨습니다. 새벽에 잠을 깨는 것을 막고 숙면을 위해서였지요.

10년 이상을 이렇게 마시다 보니 습관이 되어 요즘도 매일 3리터 이상을 마시고 저녁 8시 이후에는 안 마시려고 노력합니다. 그리고 감기약 등을 복용할 때는 4리터 이상을 마시는데, 그것은 물을 충분히 몸속으로 공급해 약의 부작용을 줄이기 위한 노력입니다.

물의 힘은 위대했습니다. 물은 나의 몸을 리셋하는 데에 공이 큽니다. 그래서 물 앞에서 겸손하고 그의 존재에 경외감을 갖습니다. 물이 그렇게 맛있는 것인 줄 미처 몰랐고 감사하게 지냅니다. 그러나 아내는 물과 친하게 지내는 편이 아니지요.

"물 좀 자주 마셔!"라고 내가 말하면

"알겠어."하고 말하지만 좀처럼 마시지 않습니다.

그래서 "물 좀 자주 마셔."라는 말은 평생 자주 하며 살아야 할 것 같습니다. 아내에게는 꼭 필요한 잔소리기 때문이지요.

요즘에 가끔 부모가 말을 잘못했다가 자식에게 봉변을 당했다는 소식을 방송에서 접하곤 합니다. 교직에 오래 있었던 친구의 말에 의하면 교실에서 말을 잘못했다가는 오히려 선생님이 학생이나 학부모로부터 핀잔을 들어야 하는 웃지 못 할 광경이 벌어지곤 한다고 합니다.

좋은 말도 자주 하면 듣기 싫을 때가 있지요. 하물며 잔소리를 자주 하면 더 할 것입니다. 그러나 꼭 필요한 잔소리는 해야 하지 않을까 싶습니다. 밥을 먹어야 생존하는 것처럼 영양가 있는 잔소리는 듣는 사람에게 좋은 영양분이 될 수 있기 때문입니다. 제가 아내에게 하는 잔소리처럼 말입니다.

그 안에는 사랑이 담겨 있기에.

"사랑이 없으면

잔소리도 안 해."

아이처럼 어른처럼

아래는 밖에 나가려고 옷을 입는 아내와 가끔 주고받는 대화입니다.

나가려고 하는 아내를 보고 내가 이렇게 말합니다.

"어디가?"

아내는 장난 어린 표정으로 나를 쳐다보며 이렇게 말합니다.

"나? 누나?"

나는 그런 아내에게 웃으면서 이렇게 말합니다.

그날의 아이스아메리카노 속 얼음은 따뜻했다

"허! 허! 오빠한테."

다음은 장모님을 모시고 아내와 쇼핑몰에 갔다가 커피를 마시며 장모님과 나눈 대화 내용입니다.

장모님이 말씀합니다.

"참 이상해. 살다 보니 몸은 늙는데 마음은 안 늙네."

내가 말합니다.

"아, 그래요?"

장모님이 추억이 생각나는 듯 얼굴로 다시 말씀합니다.

"응. 몸은 이래도 마음은 옛날 그대로야."

나는 무슨 추억일까 궁금해 조금 장난스럽게 말합니다.

"뭐가 그대로이실까? 사랑이요?"

장모님은 멋쩍으신지 이렇게 화제를 돌리며 말씀합니다.

"아니. 그게 아니고, 옛날처럼 어디든지 가고 싶고 그래. 몸은 늙어도 마음은 안 늙어."

장모님의 이 말씀이 아직 실감은 안 납니다. 젊어서일까요? 저는 50대 중반을 넘어서 후반이 되었습니다. 숫자만으로 보면 결코 젊다고는 할 수 없지요.

지금껏 내 나이를 의식하며 산 적은 없습니다. 어른스럽게 아이스럽게 살려고 하지요. 소년에 더 가까울 수 있습니다. 오죽하면 아내가 나에게 꼬니라고 하겠나 싶기도 합니다. 시대가 변했는지 아니면 내가 정신연령이 어린 것인지 모르지만 그렇게 삽니다.

●.

• '어른처럼 아이처럼.'

때로는 고인돌처럼 무겁게 하얀 깃털처럼 가볍게, 소명과 진지함을 잃지 않으며 밖으로 나가면 어른이 되고 집에 도착하는 순간 소년 같은 어른이 됩니다.

하루는 저녁을 하면서 장모님과 아내, 그리고 저. 셋이서 아래와 같은 대화를 했습니다.

"자네는 아이 같은 데가 있어."

"제가요? 하하하, 철이 없다는 말씀이에요?"

"아니 철은 있는데 아기 같은 데가 있어."

옆에 있는 아내에게 웃으면서 제가 이렇게 말했습니다.

"내가 어린아이 같으시대."

"이제 알았어?"

●

• '순수함'과 '맑은 영혼'

정직한 눈으로 세상을 보는 눈과 편견 없는 열린 마음. 일상에서 누구에게나 필요한 덕목 중 하나입니다.

어릴 적 놀이공원에 가면 풍선을 하늘에 날려 보내기도 했지요. 그 안에 꿈을 실어 보내기도 했습니다. 그런데 말입니다. 시간이 갈수록 그러한 생각이 나질 않지요. 삶의 무게가 우리 생각을 점점 지배하니까요.

그러면서 순수했던 마음이 아스라이 멀어지고 있다는 것을 느낄 때가 있지 않나요.

그래서 말입니다. 오늘 '어른처럼 아이처럼'에 생각을 두시면 어떨까요. 그곳에서 잃어버린 자신을 발견할 수 있지 않을까요.

그날의 아이스아메리카노 속 얼음은 따뜻했다

"순수한 마음이 점점 멀어지면서

잃어버린 나를 찾는 여정"

달이 보내는 메시지

산책길이다.

달이 보인다.

빨갛게 달아오른다.

서서히, 소리 없이

잔뜩 화가 나 있는 것처럼

얼마나 화가 났으면

저리도 온통 붉게 달아오를까.

금세 폭발하니 조심하라고

경고장이라도 날리듯 뜨거워지는 달이다.

그날의 아이스아메리카노 속 얼음은 따뜻했다

구름도 별도 그 위엄에 얼씬도 못 한다.
그 색의 농도는 짙어지고
마치 생애 마지막 포효를 하는
늙은 호랑이의 눈동자처럼
강렬하고 매섭다.

그것은 바로,

"자연을 사랑하라!"
"그 위대함에 겸손하라!"라는 그의 메시지다.

그날의 아이스아메리카노 속 얼음은 따뜻했다

잃어버린 인연에 남겨진 온기

    지난주에 한 모임에서 알게 된 지인들과 모여 점심을 먹는 중에 회사를 운영하는 한 분이 모임의 다른 분과 같이 일하게 되었다고 하자 내가 "축하드립니다."라고 했다. 그러자 그는 이렇게 말했다. "사람의 인연이 행운을 만들어요. 우리가 이렇게 만나니 얼마나 좋아요."

    아래는 집 근처 카페에서 브런치를 먹고 나오면서 장모님이 한 말씀이다.

    "장안동에 아는 사람이 있는데 한 사람은 자네를

소개해 준 친구고 다른 한 사람은 영숙이라고 해. 그 두 사람이 보고 싶은데 연락처가 어디로 가버리고 없어. 그들과 친했던 친구는 이제 세상에 없고."

최첨단 통신시스템의 혜택을 누리며 사는 우리도 연락 두절로 만날 수 없는 이들이 있다. 드라마의 필름 속 한 장면이 가위로 쓱싹 잘려 나가 버린 것처럼 말이다. 나는 청년 시절을 일본에서 보내며 좋은 사람들을 많이 만났다. 사람 사는 세상이니 아름다운 이들과 인연을 맺는 것은 큰 행운이요 감사할 일이다.

●.

한 쇼핑센터에 갔었을 때었나. 그때까지 들어오지 않았던 한 유명 브랜드명이 삽시에 추억의 빛으로 본체 이탈을 하더니 내 홍채와 망막을 지나 내 마음 안으로 스며들었다. 나는 주저 없이 핸드폰의 카메라 버튼을 눌렀다. 유학 시절 재즈 피아노에 호기심이 발동해 야마하음악교실 문을 두드리고 알게

그날의 아이스아메리카노 속 얼음은 따뜻했다

된 재즈 피아니스트가 떠올랐다. 그가 공연차 한국에 왔을 때 대학로에서 삼겹살에 소주 한잔했던 이네다 선생과 그의 연인 안무가. 약사였던 그는 피아노가 좋아 30세가 되던 해에 1년 동안 방 안에 박혀 건반에 인생을 걸었었다고 했다.

"화장실 갈 때 외에는 방안에만 있었지. 밥도 방에서만 먹었어. 손에 마비가 와서 움직이지 않을 정도로 연습했어. 그때는 정말 목숨 걸고 했었지."

그가 내게 해 준 인생담이다. 30년도 넘었지만 또렷이 내 추억의 방에 그대로 있다. 그의 집에도 가끔 초대받아 가곤 했었다. 영겁의 시간을 두고 만나지 못함에 순간 울컥하며 '언젠가는 꼭 만나야지'라고 다짐도 해 본다.

한국이 좋다며 한글을 배우고 싶다고 내게 한글 선생님이 되어 달라던, 내가 다니던 일본어학교의 나까쯔르 선생님. 지금쯤은 아마 70세 정도 되었을 그분과 쌓았던 추억의 대화 중 아직 머리에 남아

201

있는 일부를 소개한다.

"김상! 내게 한글 좀 가르쳐 주실래요?"
"네. 그럼요."
"일주일에 한 번 어떠세요?"
"네. 매주 토요일 어때요?"
"좋아요."

워킹맘이었던 그분은 늘 밝게 웃고 다녀서 학생
들에게 인기 만점이었다. 하루는 안부 전화를 했더
니 신주쿠의 일본어학교로 옮기셨다고 하며 점심을
같이 하자고 해서 만났다. 식사 후 커피를 마시면서
한국 드라마가 재미있어 푹 빠져 산다고 하셨다. 늘
그랬듯이 그때도 밝게 웃으셨던 모습을 잊을 수가
없다.

긴자에서 아르바이트하던 곳의 매니저와 재일 교
포 아주머니, 아르바이트를 하면서 좋은 학점에 장
학금까지 받는 내가 참 자랑스럽다며 유난히 따르
던 후배 녀석, 내 모습에 자극받아 영국으로 유학

갔다고 편지를 보내왔지만 답장을 못 한 일본인 후배 여학생, 자기도 한국인의 피가 흐르고 있다고 살짝 귀띔해 주었던 규슈 출신 일본인 친구.

이들과의 아름다운 추억은 거실의 블라인드 틈 사이를 투사하며 들어오는 따사로운 햇살과 일체가 되어 나를 반긴다. 결혼 전 부모님 집에 남겨 두었던 이들의 연락처가 담긴 수첩이 어디론가 가버렸다. 잘 챙기지 못한 내 잘못이다. 다시 만날 수 없겠지만 생각나면 따스한 온기가 온몸에 전해지며 내 마음의 온도가 올라가는 사람들이다. 그저 모두가 잘 지내기를 바랄 뿐이다.

내일은 친구와 점심을 하기로 했다.
소중한 날이다.

"잃어버린 추억은 어딘가에 있겠지.

그저 잘 지내기를 바랄 뿐이야."

같은 계단에서 먹던 날

1988년 아르바이트를 했던 가게는 학교에서 배웠던 일어 회화를 실습할 수 있는 실전 학습공간이었다. 또 밤늦게 집에 가면 밥을 해야 하는 번거로운 수고를 덜어주는 고마운 존재이기도 했다.

식당 사장님의 국적은 한국, 아내분은 일본인이었다. 롯폰기에 있는 일본어학교 수업을 마치면 5시에 이케부쿠로의 가게로 갔다. 그곳에 도착하면 먼저 2층에 있던 탈의실로 올라가 유니폼을 챙겨 입고 앞치마를 두른 채 주방으로 가서 저녁 9시까지 접시를 닦았다.

약 500개 정도 되는 접시들을 설거지하면서도 시간 가는 줄 몰랐다. 주방에서 실전 일본어 회화를 익힐 수 있었기 때문이었다. 주방장이 한글을 잘 아는 한국인 2세여서 모르는 단어가 나오면 그에게 물어보며 알아가는 재미가 쏠쏠했다. 그렇게 익힌 일본어로 다른 직원들과 짬짬이 소통할 수 있었다.

금강산도 식후경이라 했던가. 아르바이트생들은 일하기 전에 다 같이 모여서 저녁을 했다. 적당한 크기로 양념한 소고기를 숯불에 구워서 밥 위에 올려 먹는 맛은 일품이었다. 요즘도 가끔 그 시절이 생각날 때면 군침이 절로 돈다. 물론 하이라이트는 따로 있었다. 일주일에 한 번 고기를 실컷 먹는 날이었다. 영업이 거의 끝나갈 무렵 우리를 위해 여사장님이 내어놓은 고기와 가늘게 썬 단호박을 숯불 위에 구워 먹는 시간은 최고였다. 단호박의 단맛은 고기와 어우러지면 고기에서 새어 나오는 느끼한

맛을 잡아주었다.

사업하다가 디자인을 공부하러 온 형, 대학에 다니다가 제빵 기술을 배우러 왔다는 동갑내기, 대학원에 다니면서 아르바이트를 하는 맨날 웃고 다니던 형, 그들의 나이도 출신 지역도 일본에 온 목적도 다 제각각이었지만, 단호박에 고기를 맛있게 같이 먹던 그때만큼은 다 같은 계단, 아르바이트생들이었기에 허물없어 좋았다.

퇴근하시기 전 우리의 먹는 모습을 보며 의자에 살포시 기대서 담뱃재를 터시며 웃으시던 여사장님의 따뜻한 미소는 지금도 잊을 수가 없다.

차별 없는 공간은 마음에 평온을 주기에.

"각기 다른 곳에서 온 사람들이

한자리에 모여 웃음 지은 날"

오늘이 따스하게
기억되길 바라며

다 알다시피 '뒤안길'이라는 단어는 어떤 인물이나 사물 등이 시간이 흐르고 전성기가 지나거나 다른 것에 가려져 관심 밖으로 밀려날 때, 역사의 뒤안길로 사라져 갔다는 표현을 쓸 때 자주 등장하는 단어다.

예전에 한 방송국에서 〈인물 현대사〉라는 프로그램을 방영한 적이 있다. 교과서에서 볼 수 없는 인물들을 다뤄 인기가 있었다. 그들 중에는 아직 생존해 있는 사람도 있고 그렇지 않은 사람도 있을 것이다.

지난해였다. 장모님을 모시고 지방에 여행을 간 적이 있었다. 내가 태어났던 곳이어서 서울로 오기 전까지 다녔던 초등학교와 내가 살았던 집이 그대로인지 궁금했다. 가보니 초등학교도 그 부근의 도로도 그대로였지만, 2층 건물의 집터에는 호텔이 들어서 있었다. 나는 중년의 모습으로 그곳에 서서 옛 추억의 공간은 뒤안길로 보냈다. 마음속 한편 추억의 방에서 어릴 적 기억들만이 새록새록 떠올랐다.

●

다른 지역은 모르겠지만 아직 "세~탁"하고 아파트 계단을 오르내리는 세탁소 사장님의 목소리를 들을 수 있다. 내가 사는 단지 앞에 있는 그곳에 가보면 옛날 그 모습 그대로를 간직한 채, "치이익…" 하며 다리미에서 뿜어 나오는 하얀 스팀과 세제 냄새들이 섞인 특유의 향기가 가게 안에 들어가는 순간 나를 추억으로 휘감는다.

1988년 겨울, 일본에 간 지 얼마 안 되었을 때였

다. 그때는 시부야에서 살았는데, 파르코라는 백화점 입구 한쪽에 세탁전문점이 있었다. 지금이야 우리나라에도 어디든지 가면 흔히 볼 수 있지만, 그때까지 그만 한 규모는 한국에서 본 적이 없었다.

하루는 한국에서 입고 갔던 오리털 잠바를 세탁하기 위해 그곳을 방문했다. 그때까지 보았던 동네 세탁소와는 확연히 다른 고급스러운 매장 크기와 일본어에 서툰 나를 반기던 매장 직원의 친절에 놀랐다. 나중에 잠바를 찾았는데 옷에 흠집이 약간 나 있어서 며칠 후에 그곳을 다시 방문했다. 불만 사항을 얘기하니까 그 직원이 잠바 가격을 물어보더니 배상해 주었다. 얼마나 놀랐던지. 나는 그들의 서비스 정신에 감탄했다. 거의 티가 안 나서 수선하는 정도만을 기대했기 때문이다.

내가 일본에 가기 전에 서울 명동에는 신세계와 롯데백화점이, 압구정동에는 현대, 한화 갤러리아 백화점 등이 있었다. 지하 식품관은 물론 고급스러운 잡화부터 의류까지 층층이 전시돼 있었고 주말이면 사람들로 북새통이었다. 그런데 일본에 가보니 상황이 달랐다.

도쿄의 시부야라는 지역에는 파르코, 109, 도큐, 다카시마야 등의 여러 백화점이 있었는데 방문객은 주로 지하 식품관을 찾았다. 그런데 얼마 전 시부야의 랜드마크였던 도큐백화점이 폐점했다는 소식을 접했다. 50년 역사를 뒤로하고 그 화려한 자취가 역사의 뒤안길로 사라져 간 것이다.

얼마 전부터는 우리나라 백화점을 가보면 1990년대 일본의 백화점 풍경과 많이 닮아 간다는 느낌을 받는다. 지하 식품 코너에만 사람들이 붐비는 모습은, 일부 현상이지만, 30여 년 전의 일본 백화점에서 볼 수 있었다. 우리 동네에 있는 유명 백화점의 30년 후는 어떤 모습일까? 또 나는 멋진 노신사가 되어 그 앞에 서 있을끼? 앞에서 얘기했떤 것처럼 여행길에서 어릴 적 우리 집 앞에 서 있던 그 중년의 모습일까?

1989년 여름, 지인을 따라 일본 무도관(도쿄에 있는 실내 경기장)에 간 적이 있었다. 자기가 좋아하는 그룹의 공연 티켓이 두 장이 있는데 같이 가자고 해서였

그날의 아이스아메리카노 속 얼음은 따뜻했다

다. 나도 그 밴드의 곡을 좋아했지만, 북적대는 공연장에 가기보다 오디오로 듣는 것을 더 좋아해 망설였으나 그곳에 가는 것도 흔한 일이 아니어서 그를 따라갔다. 그날 공연장의 실내 분위기에 압도되어 어떻게 음악을 들었는지 모르겠다. 손뼉 치고 몸을 흔들었던 기억만이 남아 있다.

1980년도 제이팝을 어느 정도 아는 사람들은 엑스재팬을 기억할 것이다. 그 당시 일본의 음악계에 이단아, 천재 등의 소리를 들었던 그룹이다. 미국의 뉴욕 카네기홀에서 리더였던 요시키가 그의 곡 "엔드리스 레인(Endless Rain)"을 피아노로 연주하는 모습은 매력적이다.

1980년대 말에서 1990년대 중반에는 제이팝이 인기 절정에 있었다. 일본 경제가 호황을 누리면서 꼭짓점을 찍었을 때 일류(日流)의 선두에는 그룹 엑스재팬이 있었다.

우리가 일본 대중문화의 빗장을 풀기 전인 그때 청계천 음반가게에 가서 빽판을 구입해 들었던 그 시절, 나는 일본에서 직접 그들의 노래를 들을 수 있었다. 엑스재팬 기타리스트의 연주는 과히 세계 수준급이었다. 지금도 그들의 곡 "세이 애니싱(Say anything)"을 듣고 있자면 기타 연주에 푹 빠져 몇 번이고 되감아 듣곤 한다.

이들 외에 1990년대 전후 일본을 대표했던 가수나 밴드는 많다. 하마다 쇼고, 우리에게 건배(乾杯)로 유명한 나가부치 쓰요시, 포지션이 리메이크해 부른 "아이러브유"의 원곡자 오자카 유타카, 그리고 사잔 올스타즈, 안전지대 등이다. 그러나 일본의 경제가 침체에 접어들면서 일본의 대중음악도 그 명성이 흐릿해지고 그사이 케이팝이 뜨기 시작했다. 그 중심에 BTS가 있다. 그들의 인기는 전 세계에 한류를 알리고, 한국의 소프트파워를 높이는 데 가히 큰 역할을 하고 있다.

최근 일본에서 가수 아이몽이 인기다. 여성이지만 중성 이미지의 곡을 부르는 것으로도 유명하다. 예를 들어 그녀의 곡 가사에는 와타시(私)보다 보꾸(僕)나 오레(俺) 등 남성을 나타내는 일인칭대명

사가 많다. 나도 그녀의 노래를 자주 듣는데, 그중 "너는 록을 듣지 않아(君はロックを聴かない)", "마리골드 (Marigold)", "후타바(双葉)" 등을 좋아한다. 그녀의 등장이 예사롭지 않은 것은 그녀의 남다른 아티스트적 재질 때문이다. 작사, 작곡, 외모, 그리고 오랜 무명 시절 거리에서 내공을 쌓은 가창력과 기타 실력은 청중을 압도하기에 모자람이 없다. 특히 일본인 특유의 감수성도 한몫한다.

앞으로 한일 간 대중음악이 어떤 방향으로 흘러갈까. 지금 그대로일까. 아니면 메이드 앤 재팬 음악이 다시 전 세계로 뻗어갈까. 두고 볼 일이다.

우리의 일상도 그렇다. 최근 장모님의 걸음걸이가 전보다 많이 불편하다. 집에서 현관문을 나설 때 숨소리도 예전보다 거칠다. 내가 "왜 그렇게 숨을 힘들게 내쉬세요?"라고 하며 "어디가 아프세요?"라고 여쭤보면 "내가 이리 숨이 가빠."라고 하실 때는 마음이 안 좋다. 둘이서 점심 식사를 위해 아파트 단지 아랫길을 내려올 때, 내 손이 없으면 이동이 힘든 모습에 더 그렇다.

내가 "어머니는 작년만 해도 혼자 힘으로 내려오셨는데…"라고 걱정 섞인 나지막한 소리로 말하면 "할 수 없지 뭐. 나이를 먹었는데."라고 하실 때도, 식당에 도착해 두 계단만을 올라가시는 데도 내 손을 빌리지 않으면 안 될 때도…

비가 내린 오늘, 그러한 장모님의 모습을 보면서 마음속으로 '장모님의 연세가 되는 30년 후 나의 모습은 어떨까. 나는 혼자서 할 수 있어야 하는데…'라고 중얼거리며 당신의 손을 잡고 가게 문을 나섰다.

오늘이 따스하게 기억되길 바라면서.

"30년 후 나의 모습은 어떨까?"

벼들이 사각사각 새벽 인사를 건넬 때

자신의 삶에 있어 명장면을 하나쯤은 가슴에 품고 있다는 것은 보람찬 일이다.

새벽에 일어나 하는 글쓰기는 시간을 타며 추억을 여행하는 맛에 흠뻑 젖게 한다. 시간과 물리적 공간을 오가며 여행을 하는 것은 색다른 경험이요 즐거움이다. 글쓰기는 마음에 비움의 효과를 준다. 그 비움은 진솔함에서 오고 방해 요소가 없어 자신과 다툴 일도 없다.

그래서 글쓰기를 위한 나의 새벽은 비움의 때요, 절제와 순응의 섭리를 배우는 시간이다. 언어와 놀면서 조급함보다 느긋함이, 의욕보다는 여유로움에 눈이 간다. 나에게 솔직하니 마음을 비우며 절제하는 힘도 더 강해지며 좋아하는 것을 매일 하니 행복하다. 그러면서 마음에 온기가 찾아들며, 내 안의 나와 대화하니 글쓰기는 어느새 치료제로 다가온다.

이처럼 새벽 시간은 내게 특별하다.

●

일본에 가기 전이다. 어머니랑 가끔, 주말에 맛있는 제주산 갈치를 사러 새벽, 노량진 수산시장을 갔다. 시장 안 천장에 주렁주렁 매달려 있던 하얀 전등 아래로 비추는 하얀빛과 코끝을 자극했던 생선 냄새들은 잊을 수가 없다. 그 시간에 그곳에 있다는 존재에 대한 경외감을 갖게 하는데 충분했기 때문이다.

1990년 일본에서 대학교 1학년 때 방학을 이용

해 아침형 유학생들에게 인기 있었던 새벽 신문 배달 아르바이트를 했을 때다.

그날의 배달 작업에 걸리는 시간은 전단지 작업을 얼마나 빨리 마치느냐에 있었다. 이력이 붙은 사람은 신문지의 중간을 접는 속도와 전단지를 넣는 속도가 빨랐으나 초보자들은 그러지 못해 늦게 보급소를 출발하곤 했다. 보급소 안은 동료들이 작업하며 나누는 얘기 소리, 신문 더미들을 작업장 위로 퍽퍽 하며 떨어지는 소리, 신문과 전단지가 휙휙 스치면서 한 덩어리가 되어 나오는 소리들이 새벽을 열었다.

배달 지역 부근에는 단독주택이 많아 대부분 강아지를 길렀다. 그때까지 일본 가정에는 고양이가 많은 줄 알았지만, 그곳은 달랐다. 신문을 우편함에 집어넣을 때 강아지가 갑자기 튀어나와 짖어대는 소리에 놀라기도 했다. 그럴 때면 대문 사이를 두고 강아지와 잠시 전투를 벌이기도 했다.

"야! 조용히 해!"

그날의 아이스아메리카노 속 얼음은 따뜻했다

라며 소리를 질러 보지만 한국말을 못 알아듣는지 그 녀석은 계속 으르렁거렸다.

그런데 녀석이 짓는 말이 익숙지 않았다. '멍멍'이 아니라 '왕왕(わんわん)'하는 소리였다. 강아지도 자기가 살고 있는 곳의 언어로 짓는다는 실제로 보니 웃음이 나오곤 했다. 그리고 강아지와 말싸움이라니. 원래 말이 안 통하는 데 국적도 다른 녀석과 말이다.

●

그날은 폭설이 내렸다. 오토바이를 손으로 끌며 다닐 정도로 눈이 무릎 위까지 차올랐다. 발걸음을 뗄 때마다 사각사각 소리가 나며 겨울눈과 내 몸은 일체가 되었다. 오토바이가 넘어지고 또 넘어지면 일으키고 세우기를 반복했다. 마치 인생의 고비를 맞아 다시 일어나는 오뚝이처럼. 평소 같으면 새벽 6시 정도에 마칠 수 있는데 그날은 그때서야 배달이 막바지에 달했다. 추운 겨울인데도 옷은 땀으로 흠뻑 젖었고 몸은 천근만근이었으나 기분만은 상쾌했다. 날이 밝아 오면서 논밭 길을 달리는 오토바이 옆으로 비춰오는 아침햇살은 나를 포근하게 반겼다. 그때였다.

새벽 해가 내게 말을 걸어오는 것이다. 순간, 나는 가던 길을 멈추고 "간바레, 기미와난데모데끼르조(힘내라. 너는 무엇이든 할 수 있어)!"하며 두 팔을 하늘로 향해 곧게 펴고 저 평야의 끝자락에서 타오르는 해를 가슴에 품고 큰 소리로 세상에 말했다. 그랬더니 내 목소리에 잠에서 깬 들판의 벼 이삭들이 사각사각 소리를 내며 새벽 인사를 내게 건네 왔다. 그때 일본에서 본 영화 〈탑건〉에서 톰 크루즈가 여자 친구를 태우고 오토바이를 달리던 모습처럼. 내 삶의 명장면 중 하나다.

인생 이모작을 위해 나이 50이 넘어 공무원 시험에 도전할 때노 그댔고, 또 삼모작을 위해 작가로서의 길을 가면서도 그날, 그 시간의 기억은 추억이 되어 나를 뜨겁게 격려한다.

"힘내라고, 할 수 있다고…"

"할 수 있다고

스스로 외쳐 보기"

따뜻했던 용기

일본의 '코끼리 밥솥'이 유행했던 시절, 1980년대 말 도쿄 신주쿠와 이케부쿠로의 전자제품 매장에서 있었던 일이다. 도쿄의 이케부쿠로에 가면 전기전지 용품을 저렴하게 살 수 있는 '빅 카메라'라는 곳이 있다. 가본 지가 오래되어서 지금은 어떻게 변했는지는 모르겠지만 30년 전 상점 안은 주말과 평일 모두 손님들로 북새통이었다.

일본에 간 지 얼마 안 됐을 때는 물건을 구입하거나 구경을 하자면 현지어에 익숙지 않아 불편한 게

그날의 아이스아메리카노 속 얼음은 따뜻했다

많았다. 처음에는 언어력이 부족해 제품 기능을 물어보거나 설명을 들을 때 스트레스가 이만저만이 아니어서 말하기조차 무서웠다. 말을 못 알아듣는 나에게 열심히 설명하는 점원의 눈빛이 나를 무시하는 것처럼 느낄 때도 있었다. 그러나 말을 못하니 용기도 낼 수 없었다.

1년 정도가 지났을까. 언어 구사에 어느 정도 자신감이 붙기 시작했을 때 전자 상가에 구입할 물건이 있어 갔었다. 그런데 상품기능에 대해 점원에게 문의하자 그가 계속 반말을 해서 내가 정중하게 얘기해달라고 부탁했다(일본인은 친근감 표시로 말을 놓는 경우도 있다).

그는 바로 사과했다. 이 일을 계기로 나는 언어 장벽을 허물고 소극적 모습에서도 벗어나기 시작했다.

●

도쿄 미나토구에 가면 도쿄 입국관리국(현 동경 출입국 재류 관리국)이 있다. 거기에 가면 다양한 직업과 국적을 가진 사람들을 볼 수 있다.

1991년 대학 1학년 때의 봄이었을 것이다. 비자를 갱신하기 위해 갔었는데 복도에까지 사람들로 꽉 차 있었다. 나도 그 행렬에 합류했다. 한참을 기다리다가 다른 때보다 유독 시간이 많이 걸려서 접수창구를 확인해 보았다. 근데 이게 웬일인가. 여러 접수창구에 담당자가 버젓이 있는데도 한 곳에서만 접수를 처리하고 있었다. 용기를 내 빈 창구 중 한 곳에 가서 여성 공무원에게 물었다.

"왜 한 곳만 접수를 받고 있는 거죠?"

그녀는 나도 쳐다보지 않으면서 불친절한 어조로 말했다.

"처리할 다른 일이 많아서요."

그녀의 말에 나는 약간 강한 어조로 이렇게 얘기했다.

"이렇게 많은 사람이 보이지 않나요?"

그러자 그녀는 조금 명령조로 이렇게 말했다.

"그래도 기다리셔야 해요. 어쩔 수 없어요."

무표정으로 응대하는 직원과 몇 마디가 오가니

도저히 참을 수가 없었다. 수십 명의 사람들이 장시간 기다리고 있는데 창구 하나만 이용할 수 있는 것이 말이 되는가 말이다.

"이게 도대체 뭐 하는 겁니까? 이 많은 학생들이 보이지 않나요? 이런 상황에서 접수창구를 하나만 이용할 수 있다는 것이 이해가 되나요?"

나는 소리 높여 말했다. 그러자 직위가 높아 보이는 사람이 나오더니 나를 사무실로 데리고 갔다.

소파에 앉더니 그가 말했다.

"학생인가요?"

내가 말했다.

"네, 그런데요."

그러자 그는 어느 대학에 다니는지 다시 물으며 확인을 좀 해도 되냐고 하면서 학교에 연락을 했던지 잠시 후 나의 성적표를 들고 왔다. 대부분 과목에 'A'라는 표시가 되어 있는 성적을 보더니 그는 "성실한 학생이군요."라고 말했다. 그리고 그는 비자 발급이 오래 걸리고 있는 이유를 설명하며 양해를 구했다. 나의 신원을 확인하느라 학교에 전화한 것도 이해를 부탁했다. 다문화에 익숙지 않은 공무원들의 모습이었다.

잠시 후, 나는 그 방에서 비자를 받고 밖으로 나왔다. 접수창구는 어느새 한 개 더 늘었다. 내가 좋아하는 단호박 수프처럼 따뜻했던 나의 용기에 군데군데에서는 작은 박수 소리가 들려왔다. 그 소리를 아스라이 뒤로하고 나오면서 포근한 봄 하늘 아래에서 가슴 한편이 벅차올랐다.

그날의 기억을 소환하는 것을 보니, 남의 시선을 두려워하지 않고 할 말을 했던 그때의 용기가 따뜻한 추억임에 틀림없나 보다.

그날의 아이스아메리카노 속 얼음은 따뜻했다

"사소한 용기가

따뜻함을 자아낸다."

꿈이 있는 사람은 에너지가 넘친다

　30년 전 도쿄 시부야역 뒤편에 남성 전문 미용실이 있었다. 주말이면 사람들이 줄을 길게 늘어서 있었다. 한국에서는 집 앞 미용실만 다녔던 나는 그곳을 지날 때마다 별 관심을 두기 않았다.

　일본어에 익숙지 않았던 때는 머리를 자르러 가면 언어 스트레스로 고생했었다. 원하는 스타일을 말해야 하는데 도대체가 미용실만 가면 제대로 말을 못 하고 버벅댈 때가 많았다.

　　　　그날의 아이스아메리카노 속 얼음은 따뜻했다

그때 일본에서 미용실을 이용하려면 원화로 2만 원 정도가 들었다. 지금이야 한국도 웬만한 곳은 2만 원을 넘지만, 그때만 해도 서울 미용실보다 2배 이상 비싼 가격이었음에도 도쿄 미용사들의 실력은 서울보다 못했다.

그래서 일본어가 익숙해질 때쯤에 일반 미용실보다 싸게 이용이 가능한 남성 전문 미용실에 가기 위해 벼르고 있었고, 드디어 그날이 왔다. 미리 연습해 둔 시나리오를 머릿속에 담고서 시부야역을 찾았다. 미용실 한 번 가는데 참 번거롭기도 했던 추억이다.

번호표를 받고 30분 정도를 기다리니 내 차례가 돌아와 빈자리에 앉았다. 이용원은 약 30평 정도에 좌석이 10개 정도 있었다. 손님이 많아서였던지 원하는 스타일이고 뭐고 없이 바로 자르기 시작해서 10분 정도 남짓 만에 끝났다.

내가 원하는 스타일을 잘 얘기하겠다고 다짐하며 가기 전에 미리 연습까지 해 두었던 가상의 시나리오는 쓸모없게 되었지만, 기대했던 것보다 머리스타일이 마음에 들어 기분은 좋았다. 그래서 방학 때 한국에 있을 때를 제외하고는 자주 이용했다.

한국에서 남성 전문 미용실이 눈에 자주 띄기 시작한 것은 2000년에 들어서부터 아닌가 싶다. 그전까지는 남자들도 일반 미용실을 이용하든지 동네에 뜸하게 있던 남자 이용원을 이용했다.

얼마 전에 집 근처 남성 전문 미용실이 새로 오픈했다. 비슷한 다른 곳을 몇 번 이용해 본 적은 있었지만, 가격만 싸고 기술과 청결함은 그저 그래서 자주 가지는 않았다. 그런데 새로 생긴 그곳을 지나갈 때면 매번 손님이 많았다. 그래서 지나갈 때마다 한 번은 이용해 보려 했던 참이었는데 어느 날 매장이 한가해 보여 그 틈을 타 들어가 보았다.

나이가 어느 정도 있는 여자와 남자 미용시가 있었는데 내 차례는 여자 미용사분으로 낙점되어 의자로 안내받았다. 가게 안에서는 80년대 유행했던 음악이 나오고 있었다.

나이는 나와 별 차이가 없을 거 같아 여자 미용사분에게 실례를 구한 후 "대단하십니다. 이렇게 많은 사람 머리 손질하려면 힘들지 않으세요?"라고 물었다. 그녀는 어릴 적부터 이 일을 하고 싶었기 때문에 전혀 피곤하지 않다며 웃었다. 몸을 많이 사용하지만 머리 손질하는 것을 좋아해 괜찮다고 했다.

나는 언제부터 이 일을 했는지 그녀에게 물어봤다. 그녀는 1988년 강남 고속터미널 상가에 있는 미용학원을 다니면서 자격증을 취득했다고 했다. 그 덕에 88 올림픽을 거의 보지 못할 정도로 바빴다고 했다. 한 번은 떨어지고 두 번째 시도 끝에 합격한 후부터 지금까지 이 일을 계속했으니 30년 정도가 되었다고 하면서 어릴 적부터 하고 싶었던 미용사를 하니 행복하다고 했다. 그녀의 목소리에는 힘이 들어가 있었다.

자기가 좋아하는 일을 하는 사람에게서는 역시 강한 에너지가 느껴진다.

"좋아하는 일을 하는
사람은 에너지가 넘친다."

북극이 이사를 왔네요

오전에 집을 나섰다. 화창한 날씨였다. 아파트 단지를 나와 상가 사이 길을 걸어가고 있었다. 우연히 고개를 들고 본 파란 하늘이다. 구름이 어릴 적 보았던, 겨우내 꽁꽁 얼어있던 바다 위 얼음들이 기지개를 켜듯 갈라서는 모습을 연출하고 있었다. 지구온난화로 북극의 빙산이 녹아 흐르고 흘러 우리 동네까지 이사를 온 듯했다.

하늘에 얼음 바다가 열렸다. 파란 하늘이 바다로 변했다. 나는 동네 얼음판에서 썰매 탔던 어린 시절이 생각나며 가상의 공간으로 들어간다.

한 친구가 말한다.

"가서 썰매 좀 타볼까?"

옆에 있던 다른 친구가 얼음이 갈라져 있는 것을 보며 걱정스러운 목소리로 말한다.

"어? 근데 얼음들이 갈라져 있다. 왜 저렇게 됐을까?"

다시 친구가 말한다.

"북극에서 여기까지 오느라 땀을 많이 흘려서 그런가 보네."

그런데 그때 얼음이 말하는 소리가 들리는 것이다.

"어휴! 여긴 왜 이리 더워요?"

얼음이 말하는 것을 보고 한 친구가 놀라며 이렇게 말한다.

"와우! 하늘에 달린 얼음이 말을 한다."

그날의 아이스아메리카노 속 얼음은 따뜻했다

잠시 후, 또 다른 얼음이 말한다.

"어휴! 더워."

그러자 옆에 있던 친구 얼음이 말한다.

"저리 좀 비켜! 더워 죽겠어."

그리고 또 다른 친구 얼음이 흘리는 땀을 닦으며 힘없이 말한다.

"나도 덥다."

한 몸이었던 얼음들이 갈라지기 시작하자 지켜보던 모두가 놀라며 말한다.

"어! 어! 어! 어쩌지?"

"얼음들이 운다…"

뚝! 뚝! 뚝!

"와! 얼음들이 눈물을 흘리네!"

그날의 아이스아메리카노 슛 없으ㄴ 따ㅅ해다

삶의 다이어트

    포도 농사를 지을 때 가지치기가 중요하다고 한다. 가지를 적당하게 쳐주지 않으면 나무가 너무 많은 양분을 흡수해 버리기 때문이다. 그렇다고 너무 많은 가지를 자르면 제대로 된 영양을 섭취하지 못해 열매를 맺지 못하고 죽어버리고 만다고 한다. 성공적인 한 해 포도 농사를 위해서는 포도나무가 적정한 양의 양분을 흡수하게 하는 것이 중요한 것이다.

    그렇다면 우리는 어떨까.

우리가 건강한 몸을 유지하기 위해서, 보기 좋은 몸매를 갖기 위해서 음식조절은 필수일 것이다. 너무 많은 양의 음식을 섭취하면 온갖 병균에 노출되기 쉽고 너무 먹지 않으면 위험한 상황에 처한다.

일상에서 가끔 유명인이 몇 년간 야채만 먹다가 사망했다거나 후유증으로 거식증에 걸려 고생했다는 뉴스를 접하곤 한다. 7, 80년대에 아름다운 목소리로 우리를 위로해 주었던 미국의 남매 듀오 카펜터스(Carpenters)의 동생인 카렌 카펜터가 1983년 2월 거식증으로 사망하면서 거식증의 위험성이 알려지기도 했다.

요즘 딸이 다이어트 하느라 열심이다. 아내도 식단을 만드는 데 고생이다. 딸의 시도는 이번이 처음이 아니나. 다행인 것은 그전보다 잘 먹고 운동을 열심히 하면서 건전한 다이어트를 한다는 것이다. 그러나 그녀가 원하는 만큼의 다이어트에 성공하려면 음식에 대한 유혹을 뿌리치며 운동에서 오는 고통을 참아내야만 한다.

그날의 아이스아메리카노 속 얼음은 따뜻했다

우리의 인생도 어쩌면 위에서 말한 포도나무처럼 어느 때가 되면 다가오는 고난을 헤쳐 나가야 하는 연속인지도 모른다. 지금 어려움에 있다고 하더라도 너무 실망하지 않고 좋은 과실을 맺기 위한 과정이라고 여기며 좋은 생각만 하며 앞으로 나아가면 좋겠다. 포도나무가 좋은 열매를 맺기 위해서 가지가 잘려 나가는 고통을 감내하듯이 말이다.

성공적인 삶의 다이어트를 위한 과정이라고 여기며.

"적당한 선을 아는 것이 어쩌면

가장 큰 고통은 아닐까."

"왜, 내게 물어보지 않아, 왜! 내가 안 그랬단 말이야, 안 그랬다고!"

〈웰컴투 삼달리〉라는 드라마에 나오는 대사다. 유명 사진작가인 주인공은 부하 직원의 허위사실 유포로 15년간 쌓은 명성을 하루아침에 잃고 고향인 제주도로 내려간다. 하루는 그녀가 친구들 앞에서 자신의 억울함을 부르짖는다.

10년도 넘은 일이지만 한번은 아내가 가짜 명품 백을 사러 가자고 해서 동행한 적이 있다. 있는 것 놔두고 굳이 왜 가짜를 사러 가냐고 물었더니 동네에서 들고 다니기 편하고 꽤 튼튼하다고 했다.

　이태원이나 남대문 시장에서 짝퉁이 유행한 적이 있었다. 품질 좋은 가짜 명품의 원정 구매를 위해 한국을 찾는 일본인도 꽤 있었다. 나의 일본인 지인도 관광차 오면 주변인의 부탁으로 짝퉁을 몇 개 사 가곤 했다.

　위조한 물건은 겉으로는 똑같이 보이지만 본질이 다르다. 물건뿐만 아니다. 사람도 마찬가지다. 일상에서 자신도 모르는 사이에 위조품으로 둔갑하여 또 다른 내가 되어 돌아다니는 일을 경험한다.

　한번은 친하게 지내는 동생을 만났는데 내가 에쿠스 주인이 되어 있었다. 내가 그 차에서 내리는 것을 봤다고 누군가가 전했다며 차 바꿨냐고 한 것이다. 그래도 이건 좋게 포장된 것이다.

　"주무관님이 4개 국어를 하신다면서요?"

　초급 중국어 전화 수업을 한다는 얘기를 사무실

에서 한 적이 있는데 그것이 와전되어 내게 돌아왔다. 일본에서 대학을 다녔으니 일본어는 그렇다손 치더라도, 영어도 좀 하긴 하는데 내가 4개 국어라니!

살다 보면 내가 했던 말이나 행동이 포장되어 사람들에게 전달되곤 한다. 친척 집을 방문하고 나오는 것인데 내가 사는 집으로, 심지어는 같이 있었던 예쁜 여동생이 애인으로 둔갑하는 경우도 있다. 이럴 때는 애교로 넘길 수 있지만 내 에고에 상처를 주거나 거짓된 정보로 인생이 바뀐다면 이야기는 완전히 달라진다.

예전에 어떤 사람이 21년간 강도 살인죄로 몰려 억울한 옥살이를 하다가 재심에서 무죄로 석방되었다는 소식을 언론으로 접했었다. 언젠가는 잘나가던 사업이 실패해 오랫동안 연락이 끊긴 동창이 사기꾼이 되어 도망을 다닌다는 소설 같은 얘기를 소문으로 들은 적이 있다. 각종 악플로 고생하는 유명인에 대한 소식도 종종 방송이나 신문에서 보인다. 다른 사람이 나를 엉터리로 베껴 쓴 필사본이 너덜너덜 여기저기 찢긴 채 상처투성이가 된 결과물이 되어서.

●.

열등의식에 사로잡혀 누군가에게 실수를 하거나 잘못한 일이 있는 사람은 상대에 대한 비방과 험담으로 자신의 과오를 감추려고 한다. 수준이 낮은 사람은 상대방을 끌어내림으로써 자신을 돋보이는 데 열심이다. 소문이나 평판에 상처받지 않도록 자아 통제가 필요한 이유일 것이다.

우리는 어떤 사건이나 일이 발생했을 때 소문이나 사실에만 주목하는 경우가 있다. 이 시각에도 많은 정부가 썰물과 밀물처럼 쏟아져 나왔다가 사라지곤 한다. 정보만으로 사람이나 사물의 평가를 하면 좋은 정보나 도움이 될 수 있는 사람을 놓칠 수도 있다.

그래서 들어오는 정보를 정수기에서 필터로 찌꺼기를 걸러내는 것처럼 정화 과정이 필요하다. 그러

기 위해서는 편견이 없는 눈과 열린 마음이 있어야
한다. 그러한 안목은 홍수가 밀려오듯 넘쳐나는 정
보화 물결에 마구 휩쓸려 가지 않도록 우리를 도와
준다. 인간관계에서도 마찬가지다.

●

2015년에 개봉한 〈앙: 단팥 인생 이야기〉라는 일
본 영화가 있다. 어느 날 일본 전통 빵 "도라야키"
를 파는 주인공 '센타로'의 가게에 '도쿠에'라는 할머
니가 일하고 싶다고 찾아온다. 그러나 나이가 많다
며 그가 거절하자 할머니는 자신이 만든 팥앙금을
그에게 건네고 간다. 그 맛에 놀라 할머니를 찾아가
팥 만드는 방법을 가르쳐달라고 하면서 둘은 같이
일하게 된다. 할머니의 도움으로 만든 팥앙금 맛에
가게도 장사가 잘된다.

그러나 단골손님이었던 여중생 '와카나'가 할머니
의 상처 난 손을 우연히 발견하고 그 할머니가 인근
한센병원에 사는 분이라는 것을 알게 된다. 그녀는
그 사실을 자신의 엄마에게 얘기하고 어느 날부터

인가 가게는 손님이 끊기고 만다.

그 후 할머니는 모든 것이 자신 때문이라는 사실을 알고 '센타로'에게 미안해하면서 병원으로 돌아가지만 '센타로'는 그러한 할머니를 막지 못한다. 그는 나중에 할머니를 만나러 병원을 찾지만, 그녀는 이미 세상을 떠난 후였다.

후에 '와카나'는 자신이 할머니가 한센병 환자라는 것을 엄마에게만 말했다며 소문낸 사람이 누구인지 우회적으로 표현하자 주인공 '센타로'가 이렇게 말한다.

"내가 더 나쁜 것은 그 소문에서 그분을 지켜주지 못했다는 것이다."

소문은 그저 소문일 때가 많다.

그날의 아이스아메리카노 속 얼음은 따뜻했다

"나를 무력하게 하는 소문,

그 안에 진실은 얼마나 될는지."

비움에서 행복을 얻습니다

• "우리는 행복해질 수 있을까"

　한 일간지(경향신문)에 실린 김현수 명지병원 정신건
강의학과 교수의 글 제목이다. 필자에 의하면 한국
의 우울증 환자가 2023년 이미 100만 명을 넘었다
고 한다. 또 코로나19 시기 우울증 환자는 친구를
만나지 못하거나 기회를 얻지 못한 10대와 청년에

　　　그날의 아이스아메리카노 속 얼음은 따뜻했다

서 급증했고, 그 후로는 경제적 어려움을 견디다 지친 중장년들이었다고 한다. 필자는 글에서 해외 여러 분야의 사람들 말을 인용하며 우리 사회에 퍼지고 있는 안타까운 현실에 대해 우려했다.

●

그중 『신경 끄기의 기술』의 저자 마크 맨슨의 말이 눈에 띈다. "세계에서 가장 우울한 나라 한국을 여행했다."라고 한 작가는 본인이 탐색한 한국의 우울증 원인은 "가부장적 유교제와 자본주의의 나쁜 점들이 극대화되었기 때문"이라 했다고 필자는 전한다. 또 뉴욕타임스의 기자가 "한국 사회의 우울과 자살, 그리고 저출생에 대한 이슈를 사회가 아닌 개인이 해결해야 할 문제로 여긴다는 점에 놀랐다"라고 전했다. 그러면서 필자는 국회에서 이 문제들을 치유하기 위해 노력해 주길 바란다고 했다.

그의 글을 읽으면서 나는 지난 2022년 5월의 일이 떠올랐다. 코로나19에 감염되어 병원에 입원하고 휴직한 뒤, 그 후유증을 상담하러 간 집 근처 정신건강의학과가 부모와 같이 온 학생들과 청년들로 북새통이었던 모습을 본 일이다. 병원 안 미증유의 광경을 나는 아직 잊을 수 없다. 그동안 간과하고 스쳐 넘겨버린 우리 사회의 슬픈 한쪽 페이지를 우연히 열어 본 듯한 느낌이었다. 그리고 그곳의 간호사가 내게 한 말은 그 놀라움에 덧칠을 했다.

"이곳에 오려면 한, 두 달 전에 예약하셔야 해요. 안 그러면 몇 시간을 기다려야 진료를 볼 수 있어요."

또 시간을 뒤로 돌려보면 떠오르는 일이 있다. 예전 글에서도 짧게 언급한 적이 있는 1990년 전후 일본에서 대학을 다닐 때다. 1985년 플라자합의 후 설성의 호황기를 누렸던 일본 사회. 그러나 그 후에 불황으로 찾아온 일본 사회의 그늘. 매일 미디어를 통해 부동산 붕괴로 인해 대출금을 상환하지 못한 사람들의 좌절하는 소식은 지금도 생생하게 기억에 남아 있다. 그리고 취업이 어려우니 결혼에 관심이 줄고 자연스럽게 저출산의 문제로 이어지는 사회

그날의 아이스아메리카노 속 얼음은 따뜻했다

문제들이 지난 30년 이상 지속되었던 일본의 모습을 청년 시절에 그곳에서 살면서 보았던 나로서는, 요즘 우리 사회에서 일어나고 있는 모습들이 더 안타깝게 다가오는지 모른다.

이제 퇴직이 1년 조금 넘게 남은 나로서는 퇴직 후의 삶을 어떻게 설계하며 살아갈지 고민하곤 한다. 다행히 글쓰기에 재주가 있어 이렇게 글도 쓰고 책도 내며 살아갈 수 있어 감사하지만, 주위에 또 보이지 않는 곳에서 많은 사람이 어떻게 하면 "행복한 삶"을 살아갈까 고민한다.

2017년 여름이었다. 인생 이모작을 위해 9급 공무원공채 필기시험을 통과하고 면접 준비를 위해 지원한 국가기관을 방문했을 때다. 그때 나를 안내해 준 직원의 말이 생각난다. 내가 그에게 왜 공무원이 되었냐고 했더니 그는 웃으면서 이렇게 말했다.

"가늘고 길게 살려고 공무원을 합니다."

그렇다. 사람들은 일반적으로 안정적인 삶을 추구한다. 그러나 "지금 당신은 행복하나요?"라고 물으면 "네, 그렇습니다."라고 대답할 수 있는 사람은 얼마나 될까.

요즘, 미디어 속을 들여다보면 최근에는 어렵게 시험에 합격하여 임용된 MZ 세대들이 사표를 내는 일이 많다는 소식을 접한다. 그들은 지금 하는 일이 자신이 추구하는 "행복"과 거리가 있기 때문일 것이다.

●.

그렇다면 우리는 "행복해지려면 어떻게 해야 할까?"

이 질문에 "비우니 행복하다"라고 말하는, 한 디저트 전문점의 패기롭고, 밝고, 친절하고, 긍정적인 젊은 여사장님과 만나 나눈 이야기를 전하며 생각해 보고자 한다.

그녀를 알게 된 계기는 아내 덕분이다.

하루는 아내가 말했다.

"맛있는 마카롱 집이 있는데 가서 먹어볼래?"

"어딘데?"

"그 요구르트 전문점 있었잖아. 그것에 디저트 파는 곳으로 바뀌었더라고."

그리고 우리는 그곳에서 마카롱과 미니 케이크를 사다 먹었다. 맛이 있어 그 후에 다시 방문했던 때다.

내가 그녀에게 물었다.

"오픈하신 지 얼마나 되셨어요?"

그녀는 밝게 웃으면서 "한 달 정도요."라고 말했다.

한 달밖에 안 되었단 말에 나는 조금 놀라면서 "아, 그러세요? 그럼 여기에 어떻게 들어오시게 된 거예요?"라고 다시 물었다.

그녀는 다시 환하게 웃으면서 "여기가 요구르트 전문점이었는데, 장사가 아주 잘돼서 저기 역 광장에 가게를 넓혀 새로 오픈했다고 해서 저도 그 기를 받아보려고요, 하하하."라고 말했다.

나는 그녀의 밝고 당찬 모습에 호기심이 발동하여 이렇게 부탁했다.

"그럼, 사장님, 제가 글을 쓰는데 사장님의 창업 얘기를 좀 들어볼 수 있을까요?"

그녀는 나의 제안에 "네, 좋아요."라며 당찬 젊은이답게 시원시원하게 대답했다.

그리고 나는 그녀가 하루 중 가장 한가하다는 다음 날 오후 3시 30분에 만나기로 하고 그곳을 나왔다.

●

• **"욕심을 버리니 너무 행복해요"**

그녀를 만나기로 한 날이다. 도로변에서 상가 안 입구의 좁은 통로 옆에 있는 가게 문을 조심스럽게 열며 말했다.

"안녕하세요?"

"아, 네, 안녕하세요."

우리는 인사말을 주고받고 가게 조그만 탁자를

그날의 아이스아메리카노 속 얼음은 따뜻했다

사이에 두고 마주 앉았다.

내가 먼저 말했다.

"이렇게 시간을 내어 주셔서 너무 감사해요."

"아니요, 제가 감사하죠. 제가 만든 디저트가 맛있다고 이렇게 글로 소개까지 해 주신다고 하니."

그러면서 그녀는 "커피 드릴까요?"라고 내게 물었다.

나는 "감사합니다."라며 "커피도 파시나 봐요?"라고 물었다.

그러자 그녀는 밝은 모습으로 "네, 저는 바리스타 자격증도 있어요!"라고 자신에 찬 목소리로 말했다. 그리고 그녀가 아메리카노를 내려와서 탁자에 놓고, 대화는 자연스럽게 이어졌다.

"그럼, 창업을 하기 위한 준비 기간이 얼마나 걸리셨어요?"

그녀가 말했다.

"3년 정도 걸린 것 같아요."

내가 다시 물었다.

"그럼, 이전에는 무엇을 하셨는지 물어봐도 될까요?"

그녀는 당당하게 웃으면서 "그럼요"라며 "영양사로 7년 정도 일했어요. 사기업, 병원, 산업체 등에서요. 그렇게 20대를 보내다 보니 내가 지금 행복한 삶을 살고 있는가에 대한 의문이 들더라고요. 그래서 30대 초반 지금 안 하면 할 수 없을 거 같아 결심했어요. 내가 좋아하는 일을 찾아보자고요."

그러면서 그녀는 지난 자신에 대해 자랑스럽게 여기며 말을 이어갔다.

"이것을 하기 전에요. 영양사 그만두고 빵집에서 1년, 카페에서 1년 일하면서 경험을 쌓았어요. 제과 제빵 자격증도 취득했고요."

나는 그녀의 말에 "와, 정말 열심히 준비하셨군요."라고 감탄하며 이렇게 물었다.

"그럼, 꿈이나 목표가 있을까요?"

"저는요, 20대 때는 정말 영혼을 갈아 일했거든요. 그런데 보람이 없었어요. 열심히 일한 대가는 음식에 대한 고객들의 불평만 있었어요. 그래서 결심했죠. 내가 보람을 가지고 일할 수 있는 것을 찾

그날의 아이스아메리카노 속 얼음은 따뜻했다

자고요."

"그러시군요. 그럼 지금은 어떠세요?"

"보람이 있어요. 내가 만든 것을 좋아하고 그들과 소통하며 살 수 있어서요. 20대 때는 욕심을 부리며 열심히 했지만 행복하지 않았어요. 그러나 지금은 욕심을 버리니 너무 행복해요."

그녀가 욕심을 버리니 행복하다고 말하니 나의 마음속에 미세한 물결이 일어 이렇게 말했다.

"너무 멋지십니다. 그러기가 쉽지 않은데요. 사장님과 이렇게 대화하다 보니 제가 많은 것을 배우네요."

그녀는 손사래를 치면서 함박웃음을 지어 보이며 이렇게 말했다.

"돈보다는 보람을 좇았고, 하고 싶은 걸 하니 행복해요."

나는 그녀의 행복한 모습에 쉬는 날에는 무엇을 하면서 보내는지 궁금해졌다.

"그럼, 쉬는 날에는 무엇을 하고 지내세요?"

대화하는 동안 내게 그녀의 상징이 되어 버린 미

소를 머금으며 "쉬는 날에는 클라이밍에 푹 빠져 살아요. 너무 행복해요. 하하하"라고 말했다.

끝으로 남자친구는 있냐고 물었더니 그녀는 이렇게 말했다.

"결혼은 아직요. 삶에서 가장 중요한 것은 지금 행복을 느끼며 사는 것이라고 생각해요. 영양사 할 때는 너무 힘들었어요. 많은 돈을 벌지 못하지만, 지금은 내 옷을 입은 것 같아 너무 좋아요."

그날의 아이스아메리카노 속 얼음은 따뜻했다

"욕심을 비우고

내게 맞는 옷을 입으니

행복해요."

지금은 성에 안 차더라도

나 그렇지는 않습니다만 어떤 것은 때를 놓치면 후회하는 경우가 있지요. 대표적인 것이 건강이겠지요. 차일피일 미루다가 치료 시기를 떠나보내고 호미로 막을 것을 가래로 막아야 하는 일이 발생하곤 합니다. 경제적으로도 큰 손실을 보기도 합니다. 지혜가 필요한 대목입니다.

그날의 아이스아메리카노 속 얼음은 따뜻했다

"후회하지 말고 공부 열심히 해!"

공부 안 하고 놀면 예전 부모님들이 했던 말씀입니다. 그런데요. 요즘은 학벌의 시대도 명문대 출신이라고 대우받는 시절도 아닙니다. 그래서 이렇게 하는 말로 대신할 수 있을 것 같습니다.

"네가 좋아하는 거, 미치도록 빠져 할 수 있는 것을 찾도록 열심히 해 봐!"라고요.

이제 나이 100세 시대를 맞이하고 있습니다. 그러나 직장에서 일할 수 있는 시간은 한계가 있지요.

얼마 전 일본에서는 '중년 난민'이라는 말이 유행했다고 합니다. 중년에 퇴직한 후 일자리가 없어 집에 있으면 아내의 눈치에 특별히 어디 갈 곳도 불러 주는 곳도 없어 거리에 내몰리는 사회 분위기를 일컬어 나온 말이었지요.

우리는 어떤가요. 어디를 가나 '젊음'을 선호하는 분위기입니다. 그래서 자신이 평생 좋아하는 일을 할 수 있는 것은 큰 행운이라고 할 수 있다는 생각입니다.

은퇴 후에도 이어갈 수 있는 것을 선택, 지금은 조금 성에 안 차더라도 묵묵히 자신만의 길을 가는 것이 삶의 들판에 아름다운 꽃을 피우기 위한 거름 주기가 아닐까 합니다.

그날의 아이스아메리카노 속 얼음은 따뜻했다

디
저
트
와
함
께
버
려
진
것

하루는 집 앞 공원 산책을 나간 길에 벤치 한 곳
에 버려진 플라스틱 커피잔과 비닐봉지가 눈에 들
어왔다. 처음엔 무심코 지나쳤다. 혹시 주인이 있을
것이라는 기대와 함께. 그러나 두 바퀴째에도 여전
히 그 녀석들은 그 자리에 그대로 있었다.

이번에는 '저 녀석들을 어쩌나?'라고 마음속으로
중얼거리며 지나갔다. 그리고 다시 공원 한 바퀴를
돌고 오니 주인들에게 오롯이 버림받았는지 그들은
그곳을 떠나지 못하고 있었다. 행여 자기들을 버린

못난 주인들이 돌아올까 외롭게 지키고 있는 모습으로.

그들의 주인들은 멀리 도망치고 말았다는 확신이 드는 순간이 이어지고, 그들은 어떤 사람이었을까라는 상상이 부유하기 시작했다.

'에이 도대체 누구야?'
'도서관에서 공부하는 학생들 중 누구일까?'

그러다가 그 상상 속의 주인공들이 확대되고 별의별 사람들이 다 등장했다.

'동네 아주머니, 혹시 아저씨들?'

그리고 공원을 한 바퀴를 더 돌며 '내일 새벽 청소하는 분들이 치우겠지.'라는 무관심 속으로 나의 생각이 움직일 때였다.

'저녁이 되면 매일 찾는 이 신성한(?) 곳에 버려진 커피잔과 비닐봉지라니!'

이렇게 중얼거리며 나는 아무도 가까이하지 않고 있는 그 녀석들에게 다가갔다. 플라스틱 컵 안에 마시다 만 커피는 얼음 조각과 섞여 물도 커피도 아닌 채로 정체성을 상실한 액체가 되어 있었고, 그 옆의 비닐봉지를 열어 보니 그 속에는 주인이 삼키고 남은 케이크 찌꺼기들만 남아 있었다.

'삼키더라도 내장 속으로 다 집어넣을 것이지 남은 이 녀석들은 어쩌라고.'라고 다시 중얼거리며 두 녀석을 고이 모시고 도서관 화장실로 갔다. 우선 커피 속 정체불명의 액체는 화장실 세면대에 버리고 커피잔은 깨끗이 목욕시킨 뒤 어딘가에 가서 다시 태어나길 바라며 쓰레기통으로 보냈다. 비닐 속 케이크 잔해들은 세면대의 흐르는 물과 함께 흔적 없이 녹여 없애는 예식을 치르고서야 나는 그곳을 나왔다.

미물이라도 정성스럽게 다루어야 한다는 것을, 더불어 매일 먹고 마시고 입는 것들에 대한 소중함에 대한 감사함이 얼마나 중요한가를 느끼면서.

"길가에 남겨진 음료에서 본

소중한 것들"

누군가를 위해 기도할 수 있음에 감사하다

오늘은 일요일이다.

모두가 그렇지는 않지만, 일주일 중에 가장 많은 시간을 가족들과 같이 있을 수 있는 날이다. 어떤 이에게는 지금 누가 옆에 있어 주는 것만이라도 행복할 수 있지만, 또 누군가는 어떨까? 같이 있는 이들의 존재에 감사할까?

요 며칠 비가 많이 내렸다. 나는 이 시간 자판을 두드리고 있으니 무탈하나 모두 안녕하신지 궁금하

다. 비나 눈이 내리는 날이 계속되면 누군가가 궁금
하기도 하다. 시골에 계신 부모님이나 오랫동안 만
나지 못한 은사, 선배 등.

오랜만에 누군가에게 전화했을 때 가끔 예기치
못한 소식을 접한다. 그날 커피전문점에서 아내를
기다리던 사이 한 선배에게 전화했다. 그의 목소리
가 좋지 않아 물었더니 자녀 중 한 명이 몸이 안 좋
다고 했다. 자신이 아플 때보다 더 아프다고 하면
서. 우리는 잠시 침묵했다. 그는 지금 할 수 있는 것
이 기도밖에 없다고 기도 부탁한다며 전화를 끊었
다. 나는 그 사람을 위해 잠시 기도했다.

그리고
생각에 잠겼다.
아무리 해도 지나침이 없는 것이 무엇일까.
그것은 바로 '감사'라는 것이 아닌가 싶다. 내 존
재에 대한 기적의 선물.

내게 주어진 행복에 대해 이렇게 감사하다.

매일 소소한 음식에 취할 수 있고 인내와 동행할 수 있음에

두려움 너머에 환희가 있다는 것을 알며, 교만에 굴복하지 않고 겸손과 친구가 될 수 있음에

나태에 굴복하지 않고 근면에 순종할 수 있음에

욕심에 굴복하고 만족이라는 나그네와 같이 할 수 있음에

남의 허물에 눈감고 내 실수에 눈을 뜰 수 있음에

나이 들어 입방정을 떨지 않고 침묵과 친구가 될 수 있음에

욕하고 싶어도 하지 않는 것이 건강에 좋고 흉보고 싶지만 참으니 그 사람을 닮지 않음에

욕망에 굴복하고 절제에 순종할 수 있음에

종교에 대한 믿음보다 신앙의 깊이에 눈을 뜰 수 있음에

편견에 갇히지 않고 정견에 마음을 열 수 있음에

의심과 편견의 늪에 빠지지 않고 믿음의 창을 볼 수 있음에

변화를 두려워하지 않아 보이지 않았던 것을 볼 수 있음에

그리고 이 순간…….

누군가를 위해 기도할 수 있어 감사하다.

우리에게 시간이 주어져 있다는 것은 행복하다.
그것을 어떻게 누릴 것인가는 오롯이 자신들의 생각
게 달려 있다.

"내게 주어진 행복에 대해 감사하다."

웃음으로 상승하는 마음 온도

작년, 내가 사는 시의 문화시설에 갔을 때였다. 그곳에서는 그림 전시회를 열고 있었다. 한 작품에서 고 김수환 추기경님이 해맑게 웃는 모습을 본 순간 미음이 따뜻해졌다. 가끔 거울을 보며 웃는 시간을 가져보기도 하는데 일상에서 한바탕 크게 웃을 시간을 갖는다는 것이 쉽지는 않다. 밝은 옷을 입고 웃는 모습을 유지하려고 하지만 자의 반 타의 반으로 어려운 때가 있다.

웃음은 전염성도 강해서 내가 웃으면 주변이 궁

정의 에너지로 물든다. 어렸을 때 "웃으면 복이 와요"라는 TV 프로그램이 있었다. 흑백시대에 안방을 점령한 코미디 방송이었다. 악단 출신 코미디언들이 그들의 무대를 지상파로 옮겨 대박이 난 프로였다. 1세대 코미디 배우들의 몸을 날리는 연기와 시대적 바람을 타고 전 국민을 TV로 모이게 했다.

웃음기로 유명했던 고 황수관 박사는 웃는 얼굴을 만들기 위해 거울을 보며 많은 연습을 했다고 했다. 웃으면 엔도르핀이 돌아 몸에 긍정 에너지를 전달해 치유의 효과를 본다고 알려져 있으며, 암세포를 파괴하는 엔케이 세포를 생성한다고 한다. 웃으면 하강하던 마음의 온도가 상승하기 때문이 아닐까 싶다.

오늘부터 거울을 보며 "너는 멋져! 다 잘될 거야! 하하하!"라고 한바탕 웃는 시간을 가져보는 것은 어떨까.

"너는 멋져!

다 잘 될 거야!"

이제, 생각의 전환이 필요하다

어느 겨울 눈이 내린 아침이었다. 아이와 엄마들이 길을 나섰다. 그들이 가는 길에서는 청소부 아저씨가 소복이 쌓인 눈을 치우고 있었다. 그 모습을 본 한 엄마가 아이에게 말했다. "애야, 저분들이 거리를 청소하시니까 우리가 이렇게 안전하게 길을 갈 수 있단다. 저들에게 늘 감사해야 해." 그리고 얼마 후에 그 옆을 지나가던 다른 엄마가 아이에게 이렇게 말했다. "너 공부 열심히 안 하면 나중에 저런 거나 하는 거야!"

"제가 구성한 이 두 아이의 엄마 모습에서 여러분은 무엇이 떠오르나요?"

　며칠 전이었다. 길을 가다가 처음으로 낯선 광경에 눈이 갔다. 길거리나 공원, 그리고 화장실 등에서 버려진 음료수 컵들을 본 적은 있으나 신호등 건널목 앞 볼라드(보행자 보호 기둥) 위에 장식품(?)으로 버려진 음료수병은 처음이다. 주인은 자신이 마셨던 캔을 봉 위에 세우기 위해 몇 번을 시도한 끝에 성공하고 자아도취 하며 건널목을 건넜을 것이라는 상상을 해 보았다. 어처구니가 없었다. 살다 보니 별난 구경도 다 하는구나 싶었다.

　국내총생산(GDP) 세계 10위권을 자랑하는 우리 사회의 슬픈 자화상인지도 모른다. 자신은 그러지 않다고 생각할 수 있다. 그러나 우리 모두가 원인 제공자일지도 모른다. 기러기아빠를 했을 때 싱가포르에 여러 차례 간 적이 있다. 비슷한 광경을 단 한 번도 본 적이 없다. 35년 전 일본에서 유학했을 때도 마찬가지였다.

　그날의 아이스아메리카노 속 얼음은 따뜻했다

장모님과 점심을 같이 하고 집에 오던 길에 만난 녀석들이 있다. 누군가가 음료수를 마시고 그 안에 담배꽁초를 버린 채 버린 컵이다. 만날 수만 있다면 담배 피웠던 그 컵 주인의 손가락을 깨물어 주고 싶은 심정이다. 도대체 언제부터 이런 모습을 접했는지 모르겠다. 이뿐만이 아니다. 거리를 가며 음료수를 마시고 태연히 길가에 버리고 가는 학생들도 가끔 본다.

학교와 가정에서 주어진 역할에 우리가 충실하고 있는지 잠시 생각해 보자. 슬프게도 학교는 오로지 명문대와 일류기업에 들어가기 위한 훈련장이 되고, 인성과 교양을 가르치는 교육의 장에서 점점 멀어지고 있다. 예전에는 집에서 안 되는 교육을 학교에서 담당했다. 지금은 그게 어렵다고 한다. 교사였던 친구는 학생들에게 훈계라도 하면 그다음 날 왜 우리 애한테만 그러냐고 학부모들의 민원전화에 시달린 적이 있었다고 한다. 물론 일부의 모습일 것이다. 자격 미달의 선생님도 있을 것이다.

이제 생각의 전환이 필요하다. 학교에서 못하면 집에서 해야 하는 것이 있다. 바로 잔소리다. 잔소리가 부모들을 부르고 있다. 예전에는 잔소리를 많이 들으며 자랐다. 요즘은 그렇지가 않다. 그러나 아이들에게 잔소리가 필요할 때는 해야 한다. 그래야 그들은 안다. 부모의 사랑이 담긴 잔소리를 듣고 자란 이들은 바로 효과가 없더라도 시간이 지나면 '아! 엄마가 아빠가 이렇게 하는 것은 안 좋다고 했었지.'라고 사고하며 행동한다는 것을 경험했을 것이다.

그렇다. 부모의 옳은 말은 아이의 잠재의식 속에 새겨지는 효과가 있다. 올곧은 인성이 자녀에게 행운을 가져다줄 것이라고 믿고 잔소리를 해야 하는 이유다. 아이들이 지금은 듣기 싫어하더라도 말이다. 그러기 위해서는 부모가 모범을 보여야 한다. 일방적으로 안 된다고만 하거나 아이의 요구를 무조건 받아주는 엄마 아빠보다는 조언자, 협력자로서의 부모가 좋다.

며칠 전의 일이다. 한 아주머니가 자전거를 타고 가는데 앞에 가족들이 있어 자전거 벨을 울렸다. 아이가 아빠에게 벨소리가 크다며 불평을 했다. 그랬더니 아빠가 지나가는 그 아주머니를 두고 듣기 거북한 불평하는 소리를 냈다. 아주머니는 아이가 다칠까 봐 울렸던 벨인데 그는 그렇게 받아들이지 않았던 것 같다. 불평하는 아이 앞에서 한술 더 뜨듯 불만을 토로하는 아빠의 모습에서 아이는 무엇을 배울까 싶었다.

"응, 네가 다칠까 봐 아주머니가 벨을 울린 거야. 자전거에 달린 벨은 너 같은 어린아이를 보호하기 위해서도 그 역할을 하는 거지. 이해하자. 알겠지?" 라고 아빠가 아이에게 말했으면 어땠을까.

따스하게…

"부모가 자식을 아끼는

마음은 그대로인데

요즘은 부모로서 주어진 역할을

다하고 있을까?"

봄날 같은 당신이 좋은 이유

우리 사회가 사이비종교 문제로 시끄럽다. 그래서 직장에서도 자연스럽게 종교에 관한 얘기를 나누는 기회가 있었다. 하루는 동료들과 점심을 하고 있을 때였다. 한 동료가 내게 물었다.

"가수 A의 아버지가 목사님이시라고 하더라고요. 혹시 아시나요?"

"그럼 알지요. 아마도 그분이 꽤 괜찮은 목회자라고 알려져 있죠."

"저는 종교가 없지만 그런 분이라면 인정합니다.

물론 그분을 잘 모르지만 알려진 대로 탈권위적인 목사님이 틀림없다고 하면 말입니다."

"그렇습니다. 저는 성당을 다니지만 종교에 벽을 두고 있지 않아서 그런 훌륭한 분들의 설교를 들으러 교회도 가끔 갑니다."

내가 다시 말했다.

하루는 아내와 인근 커피전문점을 찾았을 때였다. 우리 가족(모시고 사는 장인 장모님은 교회에 다니신다. 두 분도 우리도 종교에 대한 편견이 없다)이 다니고 있는 성당의 새 신부님에 대한 얘기가 나왔다.

"성당에 새로 신부님이 오셨잖아. 오늘 강론을 듣는데 권위적인 모습을 볼 수가 없었어. 새로 임명된 구역의 봉사자들을 제대 앞으로 모시고 그들과 같이 신도들에게 인사를 하는 모습도 좋았어."

아내에게 내가 말했다.

"한 자매님은 강론 때 신부님도 우리와 똑같이 하느님의 부재에 대해 고민한다는 말씀을 들었는데, 소탈하고 격의 없어 보여서 좋았대."

아내가 말했다.

그날의 아이스아메리카노 속 얼음은 따뜻했다

권위란 무엇인가. 네이버 사전 등을 보면 남을 지휘하거나 따르게 하거나 복종시킬 수 있는 힘 또는 일정한 분야에서 사회적으로 인정을 받고 영향력을 끼칠 수 있는 위신이라고 되어 있다. 그러나 어떤가. 권위를 부여받으면 그것을 남용하거나 권위적인 모습을 종종 본다. 권위 있는 이가 권위적이면 그 권위는 가치를 잃는다. 직장에서는 소싯적 자신을 잊고 부하 직원들을 대하는 상사가 있다. 그들은 자신의 업적을 최고라고 여긴다. 선임이나 부하들의 업적을 별것이 아니라고 치부하는 경향을 보이곤 한다. 우리가 일상에서 접하는 것은 '갑질'이다. 식당에 가면 일하는 분들에게 막 대하거나 학교에서는 후배에게 단체나 모임에서는 먼저 들어왔다고 잘난 체한다.

가정에서도 권위적인 부모들이 있다. 자녀들의 눈높이보다 자신들의 기준점을 적용해 아이들과 틈을 만든다. 권위적인 부모들은 아이들에게 "그렇게 하면 안 돼! 내가 어릴 적에는…"라는 식으로 말한다.

시대도 변했던가. 그러한 부모들은 자녀들이나 아내나 좋아하지 않는다. 황혼이혼을 하고자 하는 분들 중에는 수십 년간 남편으로부터 복종을 강요받고 그 억압에서 벗어나기 위한 아내들이 많다고 한다. 한 번밖에 없는 인생 나도 이제 내 인생 제대로 살아보자는 의지의 반영일 것이다. 아이들이 가출하는 것은 권위적인 어른들의 그늘에서 벗어나려는 처절한 몸부림일지도 모를 일이다. 자신에게 부여된 권위를 올바르게 사용하지 않기 때문에 일어나는 일들이다.

높은 지위에 올라긴 정치인이나 공직자, 사업가, 유명인 등 중에는 자신이 똑똑해서 또는 훌륭해서 그곳에 있다고 여기는 이가 있다. 자신의 노력이 성공에 많은 부분을 차지하는 것은 부인할 수 없으나 이 세상에 과연 자신의 힘만으로 성취할 수 있는 것이 얼마나 있던가! 거의 없지 않던가. 아니 전

그날의 아이스아메리카노 속 얼음은 따뜻했다

무할지도 모른다. 누군가의 도움 혹은 희생이 없이 이룰 수 있는 일은 그리 많지 않다. 그곳에는 부모, 배우자, 친구, 형제자매, 동료, 상사, 스승, 국민… 등이 있어 가능한 것은 아닐까.

권위적이지 않고 봄날 같은 당신이 좋은 이유다.

"권위로 누르기보다는

포용으로 이끄는 사회가 되기를…"

따뜻한 색이면 좋겠다

오늘 만난 동네 지인이 "요즘 공무원 열기가 시들한 것이 시급이 많이 올라서 그렇답니다"라고 말했다.

그의 말에 의하면 요즘 젊은이는 월급은 적은데 온갖 민원 업무 처리로 아랫사람만 고생하는 공무원보다는 시급이 1만 원 가까이 되고 일정한 요건만 갖추면 4대 보험 가입도 가능한 아르바이트를 선호한다고 한다. 그의 말을 듣고 일본에서 같이 아르바이트했던 여학생의 말이 떠올랐다.

"나는 아르바이트하면서 1년간 돈 모아서 하와이나 갔다 오려고 해."

"취업은 안 하고?"

"좋은 회사가 있으면 하겠지만, 아르바이트는 내가 원하는 시간에 할 수 있고 먹고사는 데도 큰 문제가 없으니까. 취업은 당장은 할 필요가 없는 것 같아."

1985년 플라자 합의 후 무너지기 시작한 일본 경제는 1990년 초 버블경제가 붕괴되며 취업마저 어려워졌다. 당시 현지인과 나눈 대화가 그랬듯, 그 시기의 일본 청년들은 아르바이트로 생계를 꾸려가는 데는 큰 무리가 없었다. 굳이 힘든 일 하지 않고도 아르바이트를 하면서 좋아하는 취미도 할 수 있고 여행 능노 언세든지 기능했다.

시대적 및 공간적 배경은 다르지만 지금 우리의 모습과 흡사했다. 그렇다면, '아르바이트에 의존해 생활했던 30년 전 일본 청년들의 현재 모습은 어떨까? 지금 안전한 노후를 맞을 준비를 하고 있을까?'라는 자문을 해 보았다. 경제전문가도 아니고 학자도 아닌 내가 당장 일본에 가서 조사해 볼 수도 없는 이상 섣불리 어떻다고 얘기하는 것은 쉽지 않다. 그러나 잠시 눈을 감고 상상을 해 보면 정답은 아니어도 상식선에서 예측은 가능했다.

그럼, 지금 우리 청년들의 미래 색깔은 과연 무슨 색을 띨까? 장밋빛 색일까? 아니면….

내가 좋아하는 단호박 수프같이 따뜻한 색깔이면 좋겠다.

"취업난에 부딪힌 우리 청년의 미래는

어떤 색으로 물들까?"

오래전 지하철 안 명품

1988년 겨울 도쿄에 간 지 일주일 만에 시내 지하철에서 의아한 광경을 보고 놀랐던 적이 있다. 지하철을 타고 가는데 꽤 연세가 높은 할머니가 열차 안으로 들어오는데 자리를 양보하는 사람이 없었다. 난 습관적으로 일어나 그분에게 자리를 내어드렸다. 할머니는 허리를 연신 굽으시면서 '도우모 아리가또우 고자이마스(대단히 감사합니다.)'라고 몇 번을 되풀이하셨다. 나도 고개를 숙이며 답례를 했지만 뭐 그리 대단한 일을 한 것도 아닌데 저렇게 고마워

할까? 하는 생각에 쓸쓸한 기분마저 들었다.

하지만 그 할머니가 그렇게 고마워하셨던 이유, 아니 내가 꽤나 선행을 했던 것이라고 느끼게 된 것은 얼마 지나지 않았다. 그 후로도 똑같은 광경이 어김없이 반복되었고 일본에 있는 내내 지하철이나 버스에서 노인분들에게 자리를 내주는 젊은이들의 품격 있는 모습은 좀처럼 보기 어려웠다.

30년이 조금 넘게 지난 지금 내가 사는 서울의 지하철 안은 어떨까? 20대 초반에 일본에서 경험한 바로 그 장면이 고스란히 재현된다.

우리나라에는 대중교통을 이용할 때 어르신들에게 자리를 양보하는 '매너'를 지키는 것이 당연한 일로 여겨졌던 때가 있었다. 그런 모습은 외국인들에게 한국 사람은 예의가 있다는 인식을 심어주었고 우리의 품격을 높이는 데 한 역할을 담당했다. 그러나 요즘은 그 모습을 보기가 쉽지는 않은 것 같아 아쉽기만 하다.

얼마 전 친구가 지하철에서 한 어르신에게 자리

그날의 아이스아메리카노 속 얼음은 따뜻했다

를 양보하며 "몇 년 후에 60이 되는 우리가 자리 양보를 해야 하니 참 슬픈 일이야."하고 혀를 차며 말했던 일이 생각난다.

지하철에서 나이 지긋한 노인 분들을 앞에 두고 태연히 앉아 있는 젊은이들을 보면 아쉽다.

오랫동안 교직에 있었던 친구는 아이들에게 청소를 시키면 다음 날에 일부 학부모들로부터 왜 우리 아이만 화장실 청소를 시키느냐고 바로 민원이 들어온다고 했다. 그럴 때마다 아이들이 순번을 정하고 스스로 하는 것이라고 설명해야 하는 상황에 뒷맛이 개운치 않았다고 했다.

내가 학교 다닐 때는 집안에서 부모 말을 듣지 않던 친구들도 선생님 앞에서는 꼼짝을 못 했다. 물론 사랑의 매가 아닌 순간적인 감정으로 처벌을 하거나 우리 아이 잘 좀 봐주라고 건네는 돈뭉치에만 관심 있었던 한심한 선생님도 있었지만, 대부분은 우리가 매너 있는 멋진 청년이 되도록 노력했던 기억이다.

그래서 집에서 하던 버릇없는 행동은 학교에서 교정 과정을 거쳐 사회에 나가 품격 있는 행동으로 발현되기도 했다. 내 친구의 말대로라면 요즘은 학교에서 그런 품격이 작동되는 아름다운 모습을 보기가 쉽지는 않을 것 같지만 말이다. 나에게 이런 글을 쓴다며 꼰대는 어쩔 수 없다고 생각하는 사람들도 있을 수 있다. 그렇지만 예전에 유행했던 지하철 안 '양보의 미덕'이 지금은 시들해져 가고 있음에는 누구도 부인할 수가 없을 것 같다.

얼마 전에도 아내와 산책하고 돌아가는 길에 "지하철에서 할머니가 타면 벌떡벌떡 자동 반사적으로 자리를 일어났던 시절이 보기는 좋았던 거 같아. 그렇지?"라며 내가 운을 떼자 "그렇지, 그런데 요즘은 내가 우선인 시대가 돼 버린 시 오래야. '나도 피곤한데'라며 일어나질 않는 것 같아."라고 아내가 말했다. 그러면서 "우리는 지금도 노인분들이 서 있으면 민망해서 못 앉아 있지. 그런데 젊은 사람들이 꼼짝을 안 해, 되레 우리가 일어나야 한다니까."라며 아쉬워했다.

그날의 아이스아메리카노 속 얼음은 따뜻했다

버스나 지하철 안에서 청년들이 가졌던 아름답던 매너가 전국적으로 인기를 누렸던 시절이 그리운 것이 나만의 생각일까? 아니면 그런 사회적 습관들이 저급한 관습이 되어 미래에 지금 청년들에게 부메랑으로 돌아갈까 봐 걱정이 앞서서일까? 예전의 그 '명품 매너'가 지하철 안을 따뜻하게 하는 날이 오기를 희망해 본다.

"손에 든 휴대전화 때문일까,

주변을 둘러볼 여유도 없이 지친 마음 때문일까?"

다르더라도 배려하고 공감하는 사회

　최근에 필리핀 여성의 국내 가정에서 일할 수 있는 입국을 공식적으로 허가한다는 언론 보도가 있었습니다. 변화무쌍한 세월입니다. 예전만 해도 상상도 못한 일이지요. 강남의 일부 가정에서 필리핀 여성을 자녀영어 학습을 위해 불법으로 입국시켜 사회적 이슈가 되기도 했는데 말입니다. 싱가포르에서 생활하다 보면 거리 곳곳에서 인도네시아 여성들이 어린아이를 업고 있는 모습을 심심찮게 볼 수 있는데요. 머지않아 우리의 거리에서도 불 수 있는 모습일지도 모른다는 생각입니다.

　문산행 경의선을 타고 가다 보면 한여름만큼이나 건설 열기가 뜨거운 곳이 있습니다. 바로 운정역 앞인데요. 그곳에서는 몇 년 전만 해도 볼 수 없었던 광경이 펼쳐지고 있습니다. 그때만 해도 그곳은 벌거벗은 들판이었는데 말입니다.

　점심때 식당에는 빈자리를 찾기 힘들 정도로 문전성시입니다. 대한민국의 또 다른 곳에서는 자영업자들이 경기가 안 좋다고 곡소리를 내고 있는데 여기서는 그런 얘기를 좀처럼 듣기 힘들 것 같은 광경이 펼쳐지고 있어 조금은 씁쓸한 마음도 들었습니다.

　이른 아침, 전철 안은 운정역에서 내려 일터로 향하는 사람들로 가득했습니다. 현장에 가보니 외국인의 목소리도 들리더군요. 오늘은 지나가는 길에 그곳에 있던 한 인부의 말을 들을 수 있었습니다. 그가 이렇게 말하더군요.

　"요즘은 중국이나 동남아 사람들이 없으면 현장

이 안 돌아갑니다."

이곳도 역시 조화의 힘이 작동하는 또 다른 세계임에 틀림없는 것 같습니다.

이제 어딜 가든 그렇습니다만, 독불장군식의 행동은 환영받지 못하지요. 나와 다름을 인정하고 배려하지 않으면 안 되는 시대에 살고 있습니다.

아시다시피 다문화로 대표되는 나라는 세계적으로는 미국, 아시아에서는 싱가포르입니다. 세계 초강대국인 미국이지만, 일상에서 다문화 사회의 그늘을 가끔 접하기도 합니다. 최근 언론 보도에 따르면 그 대표적인 장소가 뉴욕 지하철 안이라고 하던데요. 오늘 아침에도 그곳에서 아시아계 사람이 폭행을 당했다는 방송이 있었습니다. 그럼에도 미국이 초강대국의 지위를 유지할 수 있는 힘은 다양한 민족들의 조화로운 삶에서 나오는 것은 아닌가 싶습니다.

싱가포르는 동남아시아에서 가장 잘사는 나라지요. 아내와 딸이 거기에 있을 때 자주 갔었습니다.

그때마다 세계 여러 나라에서 온 사람들이 조화롭게 사는 모습이 좋았습니다. 마트나 식당, 은행, 버스 정류장, 택시 승하차장 등 어디서나 사람들이 기다랗게 줄을 만들고 있어도 어느 한 명 불평하는 목소리를 내거나 새치기하는 모습을 못 봤습니다. 또 내가 그들과 얼굴을 우연히 마주칠 때면 미소로 공감해 주더군요. 그럴 때마다 마음의 온도가 따뜻해졌던 추억이 있습니다.

그렇다면 우리는 누구와 서로 눈을 마주치기라도 하면 어떨까요. '저 사람 나를 왜 쳐다보는 거야' 하는 생각부터 품지 않을까 싶습니다.

행여 미소라도 실어 보내면 이상한 사람으로 오해받기에 십상입니다.

"뭐야, 왜 웃어?"

그러다가 싸움도 일어납니다. "왜 나를 쳐다보는 거야?"라고 하면서 말이죠.

이뿐이 아닙니다. 출퇴근 지하철을 이용하다 보면 이쪽이 등에 메고 있는 가방이 움직이다가 저쪽

몸을 스치기라도 하면 심하게 거부반응을 하는 이
를 보곤 합니다.

"에이 씨."하고 말입니다.

몇 달 전에 저도 같은 일을 겪었는데요. 그때 제
가 그분에게 조용히 낮은 목소리로 이렇게 말했습
니다.

"저기요, 있잖아요. 그렇게 신경질을 내시면 어
떡합니까. 제가 일부러 그런 것도 아니고. 지하철
은 그쪽 혼자 이용하는 것도 아니고요. 그렇게 남
과 부딪치는 것이 싫으면 자차나 택시를 이용하셔
야죠."

"……."

그는 아무 말도 없었지요. 아니, 못 했을지도 모
릅니다.

또 지하철 안에서 자리에 앉을 때 옆 사람과 우
연히 옷깃을 스치는 경우도 있지요. 그런데 말입니
다. 그럴 때 어느 한쪽 사람이 예민하게 반응하여
잘못도 없는 이쪽이 "아, 죄송합니다."라는 말을 하
게 되는 일도 있지요.

이럴 때는 참 아쉽지요…

세계사에 유례없는 단기간의 고도 경제 성장에서
온 과도한 경쟁사회의 그늘진 또 다른 모습일 수도
있습니다. 그만큼 우리는 마음에 여유로움이 없다
고도 할 수 있겠지요.

언론이나 주변에서 흑백 논리에 열중하는 모습을
보면 안타깝습니다. 우리끼리 서로 생각이 안 맞는
다고 너는 너, 나는 나 하는 모습이 좋아 보이지 않
습니다.

경제적으로나 생각이나 외모가 다르더라도 상대를
배려하고 서로 공감할 수 있다면 좋겠습니다.

그날의 아이스아메리카노 속 얼음은 따뜻했다

"언제쯤

다름을 인정할 수 있을까?"

당연한 것이 특별할 때

탁탁탁…

타다닥…

조용한 커피전문점에 울리는 소리.

같이 있던 장모님의 시선이 한쪽으로 쏠리는 모습에 나도 그쪽으로 고개를 돌렸다. 갑자기 9명 정도의 사람들이 들어오더니, 4인용 테이블 두 개와 의자 등을 사용하여 가게 직원에게 묻지도, 옆 사람들에게 양해도 없이 자신들만의 테이블 공간을

그날의 아이스아메리카노 속 얼음은 따뜻했다

만드는 과정에서 나는 소리였다.

그리고 잠시 후, 장모님이 나를 보시더니 이렇게 말씀했다.

"에이, 다른 사람들에게 양해는 구해야지, 원! 시끄럽게."

나는 가게 안을 둘러보았다. 손님들 모두의 시선이 그곳에 가 있었다. 우리만 느끼는 소음이 아니었다.

●

이번 작품의 최종 원고 작업을 하기 위해 아침 일찍 한 커피전문점에 갔을 때다. 3시간 정도 작업을 마친 후, 커피잔을 반환대에 가지고 갔을 때였다. 그곳에는 사람들이 놓고 간 커피잔들과 휴지, 그리고 음식 찌꺼기가 쟁반 위에 지저분하게 널려 있었다. 흔한 일은 아니지만. 조금은 당황스럽기도 하여 그것들을 정리하고 있는 아르바이트생에게 벽 한 곳을 가리키며 내가 이렇게 말했다.

"'남은 음식은 분리수거함에 정리해 주시길 바랍니다!'라는 문구를 적어 붙여놓으면 이렇게 힘들게 일하지 않아도 될 것 같은데요."

그러자 그 학생이 말했다.

"아니요. 괜찮아요. 어차피 제가 하는 일인걸요."

차분하게 웃으면서 대응하는 그녀가 대견하다고 생각하며 나지막이 내가 다시 말했다.

"아무리 해야 하는 일이지만 여기가 뷔페도 아니고, 자신이 먹은 것은 정리하고 가면 좋을 텐데요."

그녀가 다시 말했다.

"괜찮아요. 감사합니다."

나는 그 광경을 뒤로하고 나오면서 이러한 생각을 해보았다.

'저 여학생이 자기 동생이나 누나, 딸이나 조카라도 저렇게 할까?'

그리고 집에 도착해 조금 전 일을 장모님에게 얘기하며 그 여학생을 보는데 마음이 안 좋았다고 했다. 그러자 장모님이 이렇게 말씀했다.

"우리가 옛날에는 서로 돕기도 하고, 이웃끼리 인사도 하며 살았는데, 아파트가 마구잡이로 생긴 뒤

그날의 아이스아메리카노 속 얼음은 따뜻했다

로는 엉망진창이야. 정도 뭣도 없어지는 것 같아."

장모님의 말씀을 듣는 사이 따뜻했던 추억이 부유해 내가 이렇게 말했다.

"하긴, 예전에는 이사 오면 이웃끼리 떡도 돌리며 나눠 먹고 했는데요."

●

• 정(情).

아직도 한쪽에서는 선한 일을 묵묵히 하는 사람도 많다. 며칠 전에 동네 한 지인과 만나 얘기하는 도중에 그가 이렇게 말했다.

"저번에 서울 종로3가에 나간 적이 있는데요, 역 부근에서 어떤 사람이 갑자기 쓰러지는데 주변에 있던 청년들이 모여들어 그 사람을 부축하는 모습을 보며 '아, 우리 사회가 아직은 따뜻하구나'라는 생각이 들더라고요."

또 얼마 전에는 지하철 안에 갑자기 쓰러진 젊은이

를 살리려고 심폐소생술이 이루어지는 13분 동안 누구도 불만을 제기하지 않았다는 신문 기사를 보았다. 그를 살리기 위해 묵묵히 혼신의 힘을 쏟은 30대 여성 간호사는 조용히 그 자리를 떴다고 한다. 이와 비슷한 미담이 들릴 때마다 최선을 다한 사람들이 말하는 내용이 있다.

"당연히 제가 할 일을 했을 뿐입니다."
라는 말.

이 말이 특별하게 다가오는 이유는 무엇일까. 그것은 우리가 정(情)이 있는 따뜻한 사회를 그리워하기 때문은 아닐까.

그날의 아이스아메리카노 속 얼음은 따뜻했다

아름다운 눈으로 세상을 보고자 하기에

어제는 오전에 목동의 한 백화점에 가서 밤팥빵을 사서 먹고, 오후에는 아내와 김포의 아웃렛 매장을 찾았다. 봄맞이 옷가지들을 보기 위해서다. 한참 매장을 둘러보다가 저녁이 가까워지자 출출해져 식당가에 들렀지만, 사람들로 붐벼 아내가 근처에 있는 원조나주곰탕집에 가보자고 했다.

주차장에서 빠져나와 조금을 가다가 막힌 도로를 보고 아내는 "너무 막히는데, 그냥 돌아갈까?"라고 말했다. 나는 오전에 목동을 갔다 오면서 들었던 '익숙한 장소, 사람, 시간에 머물다 보면 우물 안 개구리가 될 수 있다'라는 생각을 떠올리며 "그래도 가까운 거리니 가보자. 새로운 곳에 자주 가보는 것이 좋은 거 같아."라고 말했다. 그러자 아내는 "그래, 좋은 생각이네. 여기만 지나면 금방이니까. 가보자"라고 말했다.

아내 말처럼 정체 구간을 지나니 얼마 안 가서 방화동에 위치한 그 식당에 도착했으나 가게 앞 주차 공간은 차 있었다. 다행히 식당 옆에 있는 치킨 가게 앞에 공간을 발견한 나는 가게 문을 열며 "사장님, 죄송합니다만, 옆 식당을 왔는데 얼른 먹고 갈게요. 잠시 주차할 수 있을까요?"라고 물었다. 그러자 사장님 내외는 웃으면서 "네, 그러십시오."라고 흔쾌히 양해해 주셨다. 식당으로 들어와 아내에게 "오늘 우리가 도중에 안 돌아가고 온 덕인지 운이 좋은가보다. 저렇게 좋은 사장님과 만나고"라고 말하며 곰탕을 주문했다.

　오후 6시가 안 되었는데도 식당 안은 빈자리가 없을 정도다. 건물 내, 외부는 오랜 시간을 겪은 듯 허름했으나 오픈된 주방은 깔끔했다. 곰탕이 나오기 전에 깍두기와 김치는 당연하더라도, 고기가 덤으로 있어 놀랐다. 연한 고기 맛에 취해있을 때쯤 곰탕이 나왔는데 국물 안에 들어간 고기도 부드러워 술술 넘어갔다. 우리는 아내의 후배에게 줄 두 개, 장모님 몫 한 개를 포장하고 가게를 나왔다.

　나는 차에 올라타며 먼저 나와서 차를 빼고 기다리던 아내에게 "치킨 가게 사장님께 감사하다고 해야 되는데"라고 했더니 아내는 "응, 내가 했어."라고 했다. 내가 아내에게 "이제껏 먹어본 곰탕 중 최고다."라고 말하자 아내는 "우리 옆 좌석의 손님이 '나주에 가도 이런 맛을 보기 힘들어'라고 했던 말 들었어?"라고 말했다. 나는 못 들었다고 하며 "그래? 나도 전라도, 그리고 여기저기에서 나주곰탕이라고 먹어보았지만 여기보다 못했어."라고 말하며, "여기는 친절도 해서 좋네. 자주 와야겠다."라고 덧붙였다.

자기 가게 앞 공간을 흔쾌히 내준 사장님, 후배와 장모님을 챙긴 아내의 마음, 식당 사람들의 친절, 그리고 곰탕 맛이 조화를 이룬 마음 따스한 시간이다.

세상을 아름다운 눈으로 보고자 하기에.

그날의 아이스아메리카노 속 얼음은 따뜻했다

"사소한 온기가 모여

따뜻한 시간을 만듭니다."

마음에서 김이 솟는 날

하늘이 구름을 초대하니
그곳이 하얀 구름색으로 변해간다.
구름은 하늘이 반가워 춤을 추며
하늘에 몸을 맡기니
온 하늘이 구름들의 놀이터로
둔갑하여 그들은 일체(一體)가 된다.
나는 마치 구름정원 아래에 있는 듯
그들의 아름다운 춤의 향연에
넋이 나가 버리고 한참을 바라보다

소리 없는 탄성을 지른다.
바람에 실어 보내는 그들의 춤사위에
내 마음속으로도 하얀 뭉게구름들이
모여들더니 어느새 그곳에서는
따뜻한 김이 솟아오르고 있었다.

그날의 아이스아메리카노
속 얼음은 따뜻했다

초판 1쇄 2024년 7월 8일

지은이 | 김곤
발행인 | 김재홍
교정/교열 | 김혜린
디자인 | 박효은
마케팅 | 이연실

발행처 | 도서출판지식공감
등록번호 | 제2019 000164호
주소 | 서울특별시 영등포구 경인로82길 3-4 센터플러스 1117호
전화 | 02-3141-2700
팩스 | 02-322-3089
홈페이지 | www.bookdaum.com
이메일 | jisikwon@naver.com

가격 16,800원
ISBN 979-11-5622-880-6 03810